A

Maigret
Band M 32

Georges Simenon, geboren 1903 im belgischen Lüttich, gestorben
1989 in Lausanne, gilt als der »meistgelesene, meistübersetzte,
meistverfilmte, mit einem Wort: der erfolgreichste Schriftsteller
des 20. Jahrhunderts« *(Die Zeit)*. Seine erstaunliche literarische
Produktivität (75 Maigret-Romane, über 117 weitere Romane),
viele Ortswechsel, zwei Ehen und unzählige Frauen bestimmten
sein Leben. Rastlos bereiste er die Welt, immer auf der Suche
nach dem, »was bei allen Menschen gleich ist«. Das macht seine
Bücher bis heute so zeitlos.

Georges Simenon

Maigret in Arizona

Roman

Aus dem Französischen
von Jean Raimond und Mirjam Madlung

Atlantik

Die französische Originalausgabe erschien 1949 unter dem Titel
Maigret chez le coroner im Verlag Presses de la Cité, Paris.
Die deutsche Erstausgabe erschien 1957 im Verlag
Kiepenheuer & Witsch, Köln.
Die Übersetzung wurde von Mirjam Madlung
grundlegend überarbeitet..

Atlantik ist ein Imprint des Hoffmann und Campe Verlags, Hamburg.

1. Auflage 2024
Copyright © 1949 by Georges Simenon Limited
GEORGES SIMENON ® Simenon.tm
MAIGRET ® Georges Simenon Limited
All rights reserved
Copyright für die deutschen Rechte
© 2021 by Kampa Verlag AG, Zürich
Copyright für diese Ausgabe
© 2024 Hoffmann und Campe Verlag, Hamburg
www.hoffmann-und-campe.de
Umschlaggestaltung: © Rothfos & Gabler, Hamburg
Umschlagabbildung: © Lee Russel / Bridgeman Images
Satz: Tristan Walkhoefer, Leipzig
Gesetzt aus der Stempel Garamond und der Ano
Druck und Bindung: GGP Media GmbH, Pößneck
ISBN 978-3-455-00736-7

HOFFMANN
UND CAMPE

Ein Unternehmen der
GANSKE VERLAGSGRUPPE

1

Maigret, Deputy Sheriff

He! Sie da!«

Maigret wandte sich um, wie in der Schule. Er wollte wissen, wem der Ruf galt.

»Ja, Sie.«

Der ausgezehrte Greis mit dem gewaltigen weißen Schnurrbart, offenbar unmittelbar der Bibel entsprungen, streckte einen zitternden Arm aus. Aber auf wen zeigte er? Maigret sah zu seinem Nachbarn, zu seiner Nachbarin. Schließlich bemerkte er verlegen, dass er selbst es war, auf den alle blickten. Sowohl der Coroner als auch der Sergeant der Air Force, der vernommen wurde, ebenso der Attorney, die Geschworenen und die Sheriffs.

»Ich?«, fragte er im Aufstehen, erstaunt, gebraucht zu werden.

Die Gesichter lächelten, als wüssten alle außer ihm Bescheid.

»Ja«, sagte der Greis, der sowohl Hesekiel als auch Clémenceau ähnelte. »Würden Sie bitte Ihre Pfeife ausmachen?«

Ihm war nicht einmal bewusst, dass er sie angesteckt hatte.

Betreten setzte er sich wieder, eine Entschuldigung murmelnd, während seine Nachbarn lachten, doch es war ein freundliches Lachen.

Es handelte sich nicht um einen Traum. Er war ganz wach. Er, Kommissar Maigret von der Pariser Kriminalpolizei, saß da, über zehntausend Kilometer von Paris entfernt, und wohnte einer Vernehmung bei, die ein Coroner leitete, der weder Jacke noch Weste trug und doch so seriös und gesittet aussah wie ein Bankangestellter.

Im Grunde war ihm völlig klar, dass sein Kollege Cole ihn nur auf freundliche Art hatte loswerden wollen, doch er konnte es dem FBI-Beamten nicht verübeln, denn er hätte es an dessen Stelle genauso gemacht. Hatte er nicht vor zwei Jahren ganz ähnlich gehandelt? Damals sollte er seinen Kollegen Pyke von Scotland Yard in Frankreich herumführen. Oft hatte er ihn auf die Terrasse irgendeines Cafés gesetzt, so wie man einen Regenschirm an der Garderobe abgibt, und lächelnd zu ihm gesagt:

»Bin gleich wieder da.«

Nur waren die Amerikaner sehr viel herzlicher. Ob in New York oder in den zehn oder elf Staaten, durch die er gereist war, alle hatten sie ihm auf die Schulter geklopft:

»Wie heißen Sie mit Vornamen?«

Er konnte schlecht sagen, er hätte keinen. Also blieb ihm nichts anderes übrig als zu gestehen, dass er Jules hieß. Worauf sein Gesprächspartner einen Moment stutzte und sagte:

»*Oh, yes* ... Julius!«

Sie sprachen es *Dschuljes* aus, was ihm schon weniger peinlich war.

»*Have a drink*, Julius!«

So hatte er auf dem ganzen Weg in zahllosen Bars unermesslich viel Bier, Manhattans und Whisky getrunken.

Schon vor dem Mittagessen hatten er, der Bürgermeister von Tucson und der Sheriff des County, mit dem Harry Cole ihn bekannt gemacht hatte, zusammen getrunken.

Maigret wunderte sich weniger über seine Umgebung oder die Leute als über sich selbst. Oder vielmehr darüber, dass er sich tatsächlich hier befand, in einer Stadt im Bundesstaat Arizona, und nun auf einer Bank in dem kleinen Raum eines Friedensgerichts saß.

Vor dem Essen trank man Alkoholisches, während der Mahlzeit hingegen wurde nur eiskaltes Wasser serviert. Der Bürgermeister war sehr nett gewesen. Und der Sheriff hatte ihm ein kleines Stück Papier und die schöne silberne Plakette eines Deputy Sheriffs überreicht, wie man sie aus Cowboyfilmen kennt.

Es war die achte oder neunte dieser Art, er war schon Deputy Sheriff von acht oder neun Countys in New Jersey, Maryland, Virginia, North oder South Carolina, das wusste er nicht mehr genau, von New Orleans und Texas.

In Paris war es oft vorgekommen, dass er Kollegen aus dem Ausland bei sich hatte, doch er selbst machte eine solche Reise zum ersten Mal, eine sogenannte Studienreise, »um die amerikanischen Methoden kennenzulernen«.

»Sie sollten ein paar Tage in Arizona verbringen, bevor Sie nach Kalifornien fahren. Es liegt auf Ihrem Weg.«

Es lag immer irgendetwas auf seinem Weg. So brachte man ihn dazu, Hunderte von Meilen zurückzulegen. Was die Leute hier einen kleinen Umweg nannten, nahm drei bis vier zusätzliche Tage in Anspruch.

»Es liegt gleich nebenan!«

Das bedeutete mindestens die einfache, wenn nicht die doppelte Entfernung zwischen Paris und Marseille. Es kam vor, dass er den ganzen Tag im Pullmanwagen saß, ohne eine Stadt wirklich zu sehen.

»Morgen«, hatte Cole, der Mann vom FBI, der ihn in Arizona betreute, zu ihm gesagt, »werden wir uns die mexikanische Grenze ansehen. Das ist ein Katzensprung.«

Es war ein Sprung von hundert Kilometern.

»Das wird Sie interessieren. Über die Stadt Nogales, durch die die Landesgrenze verläuft, kommt das meiste Marihuana zu uns herein.«

Er hatte erfahren, dass dieses Marihuana, eine mexikanische Pflanze, bei den Süchtigen Opium und Kokain allmählich verdrängte.

»Und die meisten Autos, die in Kalifornien gestohlen werden, gelangen über Nogales außer Landes.«

Fürs Erste war Harry Cole ihn los. Offenbar hatte er an diesem Nachmittag etwas zu erledigen.

»Vor dem Coroner findet eine Vernehmung statt. Würde es Ihnen Spaß machen, dabei zu sein?«

Er hatte Maigret begleitet und ihm einen Platz auf einer der drei Bänke in dem kleinen weiß gestrichenen Raum verschafft. Hinter dem Friedensrichter, der das Amt des Coroners übernahm, hing die amerikanische Fahne. Cole hatte nicht angekündigt, dass er seinen französischen Kollegen sich selbst überlassen würde. Er war im Raum herumgegangen, hatte einige Hände geschüttelt, auf Schultern geklopft und dann beiläufig gesagt:

»Ich hole Sie nachher wieder ab.«

Maigret wusste nicht, worum es ging. Im Raum hatte niemand eine Jacke an. Es war allerdings ungefähr fünfundvierzig Grad warm. Die sechs Geschworenen saßen auf derselben Bank wie er, am anderen Ende, in der Nähe der Tür. Unter ihnen waren ein Schwarzer, ein Indianer mit kräftigem Kiefer, ein Mexikaner, der von beiden etwas hatte, und eine ältere Frau. Sie trug ein geblümtes Kleid und einen Hut, der ihr komisch vorn auf dem Kopf saß.

Von Zeit zu Zeit stand Hesekiel auf und versuchte, den riesigen Ventilator zu regulieren, der unter der Decke kreiste und so laut brummte, dass man kaum ein Wort verstehen konnte.

Die Angelegenheit schien ungezwungen und – in Frankreich hätte Maigret gesagt – gemütlich zu verlaufen. Der Coroner saß auf einem Podest. Er trug ein blütenweißes Hemd und eine gemusterte Seidenkrawatte.

Der Zeuge – oder Angeklagte, das wusste Maigret nicht genau – saß neben ihm auf einem Stuhl. Es war ein Sergeant der Air Force in Kakiuniform. Es gab noch vier weitere wie ihn. Sie saßen den Geschworenen aufgereiht gegenüber und wirkten wie übereifrige Schüler.

»Erzählen Sie uns, was sich am Abend des 27. Juli zugetragen hat.«

Der Mann hieß Sergeant Ward, den Namen hatte Maigret verstanden. Er war mindestens ein Meter fünfundachtzig groß, hatte blaue Augen und buschige schwarze Brauen, die an der Nasenwurzel zusammenwuchsen.

»Ich habe Bessy gegen halb acht in ihrer Wohnung abgeholt.«

»Lauter. Wenden Sie sich zu den Geschworenen. Können die Geschworenen verstehen?«

Die Männer schüttelten den Kopf. Sergeant Ward räusperte sich.

»Ich habe Bessy gegen halb acht in ihrer Wohnung abgeholt.«

Maigret musste sich doppelt anstrengen, denn er hatte seit seiner Schulzeit kaum mit der englischen Sprache zu tun gehabt. Ihm entging einiges, manche Redewendungen verwirrten ihn.

»Sie sind verheiratet und haben zwei Kinder?«

»Ja, Euer Ehren.«

»Wie lange kennen Sie Bessy Mitchell?«

Der Sergeant dachte nach wie ein braver Schüler, bevor er die Frage des Lehrers beantwortet. Er sah kurz zu einem Mann neben Maigret, den dieser noch nicht kannte.

»Seit sechs Wochen.«

»Wo haben Sie sie kennengelernt?«

»In einem Drive-in. Sie bediente dort.«

Maigret wusste inzwischen, was ein Drive-in war. Die Kollegen, die sich um ihn kümmern mussten, hielten oft vor einem kleinen Lokal am Straßenrand, vor allem abends. Man stieg nicht aus dem Wagen. Eine junge Frau kam herbei, nahm die Bestellung entgegen und brachte dann Sandwiches,

Hotdogs oder Spaghetti auf einem Tablett, das an die Wagentür gehängt wurde.

»Haben Sie mit ihr geschlafen?«

»Ja, Euer Ehren.«

»Am selben Abend?«

»Ja, Euer Ehren.«

»Wo?«

»Im Auto. Wir haben in der Wüste gehalten.«

Die Wüste – Sand und Kakteen – begann vor der Stadt. Auch zwischen manchen Stadtvierteln gab es vereinzelt größere Wüstenstreifen.

»Haben Sie sie danach oft wiedergesehen?«

»Ungefähr dreimal die Woche.«

»Und Sie schliefen jedes Mal mit ihr?«

»Nein, Euer Ehren.«

Maigret erwartete, dass der kleine, pingelige Richter fragen würde: Warum nicht?

Doch er fragte:

»Wie oft?«

»Einmal die Woche.«

Nur der Kommissar zeigte ein leises Lächeln.

»Immer in der Wüste?«

»In der Wüste oder bei ihr zu Hause.«

»Lebte sie allein?«

Sergeant Ward musterte die Gesichter auf den Bänken der Reihe nach und wies auf eine junge Frau links von Maigret.

»Sie lebte mit Erna Bolton zusammen.«

»Was taten Sie am 27. Juli, nachdem Sie Bessy Mitchell in ihrer Wohnung abgeholt hatten?«

»Ich habe sie in die Penguin Bar geführt. Dort warteten meine Freunde auf mich.«

»Welche Freunde?«

Diesmal deutete er auf die vier anderen Soldaten in Luftwaffenuniform und nannte nacheinander ihre Namen.

»Dan Mullins, Jimmy van Fleet, O'Neil und Wo Lee.«

Letzterer war ein Chinese. Er schien höchstens sechzehn zu sein.

»Waren andere Menschen mit Ihnen dort in der Penguin Bar?«

»Nein, nicht an unserem Tisch.«

»Saßen Leute an einem anderen Tisch?«

»Der Bruder von Bessy, Harold Mitchell.«

Das war Maigrets Nachbar zur Rechten. Maigret hatte ein großes Furunkel unter seinem Ohr bemerkt.

»War er allein?«

»Nein. Erna Bolton, der Musiker und Maggie waren dabei.«

»Wie alt war Bessy Mitchell?«

»Zu mir hat sie gesagt, dreiundzwanzig.«

»Wussten Sie, dass sie in Wirklichkeit erst siebzehn war und also in einer Bar gar nichts trinken durfte?«

»Nein, Euer Ehren.«

»Sind Sie sicher, dass der Bruder es Ihnen nicht gesagt hat?«

»Später erst. Als sie bei dem Musiker zu Hause anfing, Whisky aus der Flasche zu trinken. Da hat er mir gesagt, er will nicht, dass seine Schwester trinkt, weil sie noch nicht volljährig ist und er die Verantwortung hat.«

»Sie wussten nicht, dass Bessy bereits verheiratet und wieder geschieden war?«

»Nein, Euer Ehren.«

»Hatten Sie ihr versprochen, sie zu heiraten?«

Sergeant Ward zögerte sichtlich.

»Ja, Euer Ehren.«

»Sie wollten sich scheiden lassen, um sie zu heiraten?«

»Ich hatte ihr gesagt, dass ich es tun würde.«

Im Türrahmen stand ein dicker Deputy Sheriff – ein Kollege! – mit gelblicher Leinenhose und aufgeknöpftem Hemd. Sein Ledergürtel steckte voller Patronen, und ein gewaltiger Revolver mit Hornkolben hing über dem Gesäß.

»Haben Sie alle miteinander getrunken?«

»Ja, Euer Ehren.«

»Viel? Wie viele Gläser ungefähr?«

Ward schloss die Augen, während er im Kopf rechnete.

»Ich habe sie nicht gezählt. Den Runden nach

müssen es fünfzehn bis zwanzig Bier gewesen sein.«

»Für jeden?«

Und er ganz schlicht:

»Ja, Euer Ehren. Und auch ein paar Whisky.«

Merkwürdig, niemand schien sich darüber zu wundern.

»Hatten Sie in der Penguin Bar einen Streit mit Bessys Bruder?«

»Ja, Euer Ehren.«

»Stimmt es, dass er Ihnen vorwarf, mit seiner Schwester zu verkehren, obwohl Sie verheiratet sind?«

»Nein, Euer Ehren.«

»Hat er Ihnen das nie vorgeworfen? Hat er Sie nie gebeten, seine Schwester in Ruhe zu lassen?«

»Nein, Euer Ehren.«

»Aus welchem Grund haben Sie gestritten?«

»Ich wollte das Geld, das er mir schuldete.«

»War es ein großer Betrag?«

»Etwa zwei Dollar.«

Kaum der Preis einer der zahlreichen Runden in der Penguin Bar.

»Hat es eine Schlägerei gegeben?«

»Nein, Euer Ehren. Wir sind vor die Tür gegangen, haben uns ausgesprochen und sind wieder hereingekommen, um zusammen zu trinken.«

»Waren Sie betrunken?«

»Noch nicht sehr.«

»Sonst ist nichts passiert in der Bar?«

»Nein.«

»Sie haben also nur getrunken, und zwar bis ein Uhr früh, wenn die Bar schließt.«

»Ja, Euer Ehren.«

»Hat nicht einer Ihrer Kameraden Bessy den Hof gemacht?«

Sergeant Ward brauchte eine Weile, bis er zugab:

»Sergeant Mullins.«

»Haben Sie mit ihm darüber gesprochen?«

»Nein. Ich habe darauf geachtet, dass er nicht neben ihr saß.«

Sein Kamerad Mullins war ebenso groß wie er und dunkelhaarig. Er galt unter den Mädchen bestimmt als schöner Mann. Irgendwie erinnerte er an einen Filmstar, aber man hätte nicht sagen können, an welchen.

»Was ist um ein Uhr früh passiert?«

»Wir sind zu dem Musiker Tony Lacour gegangen.«

Der befand sich wohl in dem Raum, aber Maigret kannte ihn nicht.

»Wer hat die beiden Flaschen Whisky bezahlt, die Sie mitgenommen haben?«

»Ich glaube, Wo Lee hat eine davon bezahlt.«

»Hat er während des ganzen Abends mit Ihnen getrunken?«

»Nein, Euer Ehren. Corporal Wo Lee raucht nicht und trinkt nicht. Er hat aber darauf bestanden, etwas zu bezahlen.«

»Wie viele Zimmer hat die Wohnung des Musikers?«

»Ein Schlafzimmer, ein kleines Wohnzimmer, ein Bad und eine Küche.«

»In welchem Raum haben Sie sich aufgehalten?«

»In allen.«

»Wo haben Sie sich mit Bessy gestritten?«

»In der Küche. Wir haben uns nicht gestritten, ich habe Bessy dabei erwischt, wie sie Whisky aus der Flasche trank. Es war nicht das erste Mal.«

»Sie meinen: nicht zum ersten Mal an diesem Abend?«

»Ich meinte: Es war schon vor dem 27. Juli öfter vorgekommen. Ich wollte nicht, dass sie so viel trank, denn ihr wurde schlecht davon.«

»War Bessy allein in der Küche?«

»Sie war mit ihm zusammen.«

Er deutete mit dem Kopf auf Sergeant Mullins.

Maigret, der eben noch schwerfällig und schläfrig gewesen war und keine Ahnung von dem Fall gehabt hatte, öffnete nun schon manchmal den Mund, als hätte er eine dringende Frage.

»Wer hat vorgeschlagen, für den Rest der Nacht mit dem Wagen nach Nogales zu fahren?«

»Bessy.«

»Wie spät war es?«

»Etwa drei Uhr morgens. Vielleicht halb drei.«

Nogales war jene Grenzstadt, in die Harry Cole mit dem Kommissar fahren wollte. Während in Tucson die Bars um ein Uhr früh schlossen, konnte man auf der anderen Seite der Grenze die ganze Nacht hindurch trinken.

»Wer ist bei Ihnen in den Wagen eingestiegen?«

»Bessy und meine vier Kameraden.«

»War Bessys Bruder nicht dabei? Auch der Musiker, Erna Bolton, Maggie Wallach nicht?«

»Nein, Euer Ehren.«

»Wissen Sie, was die vier gemacht haben?«

»Nein, Euer Ehren.«

»Wie waren Sie am Anfang im Wagen platziert?«

»Ich saß am Steuer. Bessy vorn zwischen mir und Sergeant Mullins. Die drei anderen hinten.«

»Haben Sie kurz angehalten, bevor Sie die Stadt verließen?«

»Ja, Euer Ehren.«

»Und Sie haben Bessy gebeten, den Platz zu wechseln. Weshalb?«

»Damit sie nicht mehr neben Dan Mullins saß.«

»Sie haben ihr gesagt, sie soll sich nach hinten setzen, und Corporal van Fleet ist stattdessen nach vorn gekommen. War es Ihnen gleichgültig, dass sie nun hinter Ihrem Rücken mit zwei anderen im Dunkeln saß?«

»Ja, Euer Ehren.«

Plötzlich rief der Coroner, völlig unerwartet:

»Unterbrechung!«

Er stand auf und ging in den Nebenraum, auf dessen Glastür das Wort *Privat* stand. Hesekiel nahm eine riesengroße Pfeife aus der Tasche und zündete sie an, wobei er Maigret merkwürdig anblickte.

Alle verließen den Raum, die Geschworenen, die Soldaten, die Frauen, die paar Neugierigen.

Man befand sich im Erdgeschoss eines großen, im spanischen Stil gebauten Hauses, mit Säulengängen rings um einen Patio. Der eine Flügel des Gebäudes beherbergte das Gefängnis, während die verschiedenen Dienststellen der County-Verwaltung im anderen untergebracht waren.

Die fünf Männer von der Air Force setzten sich an den Rand des Säulenganges, und Maigret bemerkte, dass sie nicht miteinander sprachen. Es war außerordentlich heiß. In einer Ecke stand ein roter Automat, in den die Leute fünf Cent steckten und dafür eine Flasche Coca-Cola bekamen.

Fast alle gingen dorthin, auch der Herr mit dem grauen Haar, vermutlich der Attorney des Countys. Jeder trank ungeniert aus der Flasche und stellte die leere dann in einen Ständer.

Maigret kam sich ein wenig vor wie ein Schüler während der ersten Pause in einer neuen Schule.

Aber er wünschte sich nicht mehr, dass Harry Cole ihn schon jetzt abholte.

Es war noch nie vorgekommen, dass er ohne Jacke einen Gerichtssaal betreten hatte. Die Kleiderfrage hatte sich zu einem richtigen Problem entwickelt. Als er eine gewisse Linie überschritten hatte, nah bei Virginia, war ihm klar geworden, dass er seine Tage nicht länger in Jacke und angeknöpftem Kragen verbringen konnte.

Nun hatte er aber sein Leben lang Hosenträger getragen. Und seine in Frankreich geschneiderte Hose reichte ihm bis zur Brust.

In irgendeiner Stadt, er wusste nicht, welche es gewesen war, hatte ein Kollege ihn entschlossen in ein Warenhaus geführt und veranlasst, eine jener leichten Hosen zu kaufen, die hier alle Männer trugen. Dazu gehörte ein Ledergürtel, dessen breite silberne Schnalle die Abbildung eines Ochsenkopfes zierte.

Andere, die aus dem Osten kamen, waren weniger bescheiden als er. Sie stürzten gleich in Geschäfte und kamen von Kopf bis Fuß wie Cowboys gekleidet wieder heraus.

Er bemerkte, dass zwei der Geschworenen, die doch ganz gesetzt wirkten, unter der Hose Stiefel mit hohen Absätzen und bunten Verzierungen trugen.

Die Trommelrevolver an den Gürteln der Sheriffs faszinierten ihn. Es waren genau die gleichen, die er schon als Jugendlicher im Kino in den Wildwestfilmen gesehen hatte.

»*Hello*, Geschworene!«, rief Hesekiel plötzlich, wie ein Lehrer, der seine Schülerbande zusammentrommelt.

Er klatschte in die Hände, klopfte seine Pfeife am Absatz aus und blickte dabei aus dem Augenwinkel auf Maigrets Pfeife.

Er fühlte sich nicht mehr wie der Neue. Er nahm seinen Platz wieder ein. Allerdings saßen Harold Mitchell, der Bruder mit dem Furunkel unter dem Ohr, und Erna Bolton, die er unabsichtlich voneinander getrennt hatte, nun nebeneinander und unterhielten sich leise.

Er wusste noch immer nicht genau, ob in dieser Geschichte von Bier, Whisky und wöchentlichem Liebesakt jemand zu Tode gekommen war. Nur der Ablauf einer solchen Vernehmung vor dem Coroner war ihm einigermaßen bekannt, weil er sie in England miterlebt hatte.

Artig, fast schüchtern hatte Sergeant Ward auf dem Stuhl Platz genommen. Hesekiel war wieder mit dem Ventilator beschäftigt, und der Coroner fuhr mit gleichgültiger Miene fort:

»Sie haben den Wagen etwa acht Meilen von der Stadt entfernt angehalten, kurz hinter dem Flugplatz. Wozu?«

Maigret begriff nicht gleich. Zum Glück sprach Ward so leise, dass er seine Antwort wiederholen musste, und das Erröten des langen Kerls half dem Kommissar, den Sinn seiner Antwort zu erraten.

»Latrinengang, Euer Ehren.«

Vielleicht fiel ihm kein anderes anständiges Wort ein, um auszudrücken, dass sie pinkeln mussten.

»Sind alle ausgestiegen?«

»Ja, Euer Ehren. Ich habe mich etwa zehn Meter entfernt.«

»Allein?«

»Nein, mit ihm.«

Er deutete wieder auf Mullins, gegen den er etwas zu haben schien.

»Sie wissen nicht, wohin Bessy während der Zeit gegangen ist?«

»Ich nehme an, sie hat sich auch entfernt.«

Man musste unwillkürlich an die zwanzig Flaschen Bier denken, die sich jeder eingetrichtert hatte.

»Wie spät war es?«

»Zwischen drei und halb vier morgens, nehme ich an. Ich weiß es nicht genau.«

»Haben Sie Bessy gesehen, als Sie zum Wagen zurückkamen?«

»Nein.«

»Und Mullins?«

»Der kam wenig später zurück.«

»Woher?«

»Ich weiß es nicht.«

»Was haben Sie zu Ihren Kameraden gesagt?«

»Ich habe gesagt: ›Zum Teufel mit der Kleinen! Das wird ihr eine Lehre sein.‹«

»Weshalb?«

»Weil das schon mehrmals vorgekommen war.«

»Was war schon mehrmals vorgekommen?«

»Dass sie, ohne mir Bescheid zu sagen, weggelaufen war.«

»Sind Sie umgekehrt?«

»Ja, ich bin etwa hundert Meter in Richtung Tucson gefahren und dann ausgestiegen.«

»Weshalb?«

»Ich dachte, sie würde versuchen, zum Wagen zurückzukommen, und wollte ihr eine Chance geben.«

»War sie betrunken?«

»Ja, Euer Ehren. Auch das nicht zum ersten Mal. Aber sie wusste noch, was sie tat.«

»Wohin sind Sie gegangen, nachdem Sie ausgestiegen waren?«

»Ich bin zu den Bahngleisen gegangen, die etwa fünfzig Meter entfernt parallel zur Straße durch die Wüste führen.«

»Sind Sie auf den Bahndamm hinaufgeklettert?«

»Ja, Euer Ehren. Und dann vielleicht hundert Meter weit gegangen, ungefähr bis zu der Stelle, wo

Bessy uns verlassen hatte. Ich habe ihren Namen gerufen.«

»Sehr laut?«

»Ja. Ich habe sie nicht gesehen. Sie hat nicht geantwortet. Ich dachte, sie will mich ärgern.«

»Und dann sind Sie zum Wagen zurückgekehrt. Haben Ihre Kameraden nichts gesagt, als Sie den Motor wieder anließen, ohne sich weiter um sie zu kümmern, und nach Tucson zurückfuhren?«

»Nein, Euer Ehren.«

»Finden Sie, Sie haben sich wie ein Gentleman benommen, als Sie die Frau mitten in der Nacht allein in der Wüste zurückließen?«

Ward gab keine Antwort. Er hatte eine niedrige Stirn, und Maigret fand, je länger er ihn betrachtete, dass seine dicken Brauen ihm einen bockigen Gesichtsausdruck gaben.

»Sind Sie direkt zu Ihrem Stützpunkt zurückgefahren?«

Davis-Monthan, einer der Hauptstützpunkte für die Boeing B-29, lag etwa zehn Meilen von Tucson entfernt, aber in entgegengesetzter Richtung.

»Nein, Euer Ehren. Ich habe drei meiner Kameraden in der Stadt in der Nähe vom Busbahnhof abgesetzt.«

»Und wer ist bei Ihnen geblieben?«

»Sergeant Mullins.«

»Warum?«

»Ich wollte Bessy suchen.«

»Sind Sie auf der Straße nach Nogales zurückgefahren?«

»Ja, Euer Ehren. Ich habe ungefähr an der Stelle gehalten, wo wir beim ersten Mal stehen geblieben waren.«

»Waren Sie wieder auf dem Bahndamm?«

Dieses Mal dauerte sein Schweigen ziemlich lang.

»Nein. Ich glaube nicht. Ich kann mich nicht erinnern, ausgestiegen zu sein.«

»Was haben Sie getan?«

»Ich weiß es nicht. Ich bin am Steuer wach geworden. Der Wagen stand in Richtung Tucson, und vor mir war ein Telegrafenmast. Ich erinnere mich an den Telegrafenmast und einen Kaktus dicht daneben.«

»War Mullins immer noch bei Ihnen?«

»Er schlief neben mir, das Kinn auf der Brust.«

»Wenn ich es richtig verstehe, können Sie sich nicht erinnern, was geschehen ist, bevor Sie am Telegrafenmast wieder wach wurden.«

Maigret merkte an den zitternden Lippen Wards, dass dieser etwas Wichtiges zu sagen hatte.

»Nein. Ich stand unter Rauschgifteinfluss.«

»Meinen Sie damit, Sie waren nicht betrunken?«

»Es ist oft vorgekommen, dass ich so viel und noch mehr getrunken habe. Ich habe noch nie das Bewusstsein verloren. Niemand hat mich je zur

25

Bewusstlosigkeit gebracht. Ich weiß, wie viel ich vertrage.

In der Nacht hat jemand mir Drogen verabreicht.«

»Sie glauben, man hatte Ihnen etwas in Ihr Glas geschüttet?«

»Es kann auch in einer Zigarette gewesen sein. Als ich wach wurde, habe ich mechanisch nach den Zigaretten in meiner Tasche gegriffen. Es waren Camel. Ich rauche aber nur Chesterfield. Ich habe mir eine Zigarette aus diesem Päckchen angezündet und wurde zum zweiten Mal bewusstlos.«

»In Mullins' Gegenwart?«

»Ja.«

»Sie verdächtigen Mullins, vergiftete Zigaretten in Ihre Tasche geschoben zu haben?«

»Vielleicht.«

»Haben Sie es ihm gesagt, als Sie aufwachten?«

»Nein.«

»Haben Sie mit ihm gesprochen?«

»Nein. Ich bin mit dem Wagen zu mir nach Hause gefahren. Ich wohne in der Stadt mit meiner Frau und den Kindern. Mullins ist mit heraufgekommen. In der Wohnung habe ich ihm ein Kissen zugeworfen, damit er sich auf die Couch legen konnte. Ich habe geschlafen.«

»Wie lange?«

»Ich weiß es nicht. Vielleicht eine Stunde? Um

sechs bin ich mit ihm zum Stützpunkt gefahren. Mein Dienst begann, ich habe ein Flugzeug für den Start klargemacht.«

»Worin besteht Ihre Arbeit?«

»Ich bin Mechaniker. Ich prüfe die Maschine vor dem Start und bleibe unten am Boden.«

»Was haben Sie dann getan?«

»Ich habe die Basis vormittags gegen elf Uhr verlassen.«

»Allein?«

»Mit Dan Mullins.«

»Wann haben Sie von Bessy Mitchells Tod erfahren?«

»Nachmittags um drei Uhr.«

»Wo waren Sie da?«

»In einer Bar in der Fifth Avenue. Ich trank ein Glas Bier mit Mullins.«

»Hatten Sie seit dem Morgen viele getrunken?«

»Zehn bis zwölf. Ein Sheriff kam herein und fragte, ob ich Sergeant Ward bin. Ich habe Ja geantwortet. Er sagte, ich soll mitkommen.«

»Sie wussten noch nicht, dass Bessy tot war?«

»Nein.«

»Sie wussten auch nicht, dass Ihre drei Kameraden, die Sie am Busbahnhof abgesetzt hatten, mit einem Taxi auf der Straße nach Nogales zurückgefahren waren, kaum waren Sie und Mullins fort?«

»Nein.«

»Sie haben das Taxi auf der Straße nicht bemerkt? Sie haben den von Nogales kommenden Zug weder gesehen noch gehört?«

»Nein.«

»Sind Sie an dem Morgen auf der Basis keinem Ihrer drei Freunde begegnet?«

»Doch, Sergeant O'Neil bin ich begegnet.«

»Was hat er zu Ihnen gesagt?«

»Ich kann mich nicht genau an seine Worte erinnern. Es war etwas wie: ›Mit Bessy ist übrigens alles okay.‹«

»Was haben Sie daraus geschlossen?«

»Dass Bessy wahrscheinlich per Anhalter nach Hause gefahren ist.«

»Sind Sie an dem Tag nicht zu ihr gegangen?«

»Doch, als ich den Stützpunkt verließ, um elf. Erna hat mir gesagt, dass Bessy nicht zurückgekommen war.«

»Das war, nachdem Sergeant O'Neil gesagt hatte, alles sei okay?«

»Ja.«

»Kam Ihnen das nicht widersprüchlich vor?«

»Ich dachte mir, sie ist irgendwo anders hingegangen.«

»Sie sagten doch vorhin, Sie hätten die Absicht gehabt, sich scheiden zu lassen, um Bessy zu heiraten.«

»Ja, Euer Ehren.«

»Sie bleiben dabei, dass Sie Bessy nicht wiedergesehen haben, nachdem Sie und Sergeant Mullins
sich vom Wagen entfernt hatten?«

»Nicht lebendig, nein.«

»Haben Sie sie tot wiedergesehen?«

»In der Leichenhalle, in die mich der Sheriff geführt hat.«

»Sergeant Mullins saß also nicht im Wagen, als
Sie sich nach dem ersten Halt wieder ans Steuer
setzten, sondern kam erst etwas später?«

»Ja, Euer Ehren.«

»Haben Sie Fragen, Attorney?«

Der Attorney mit dem grauen Haar verneinte.

»Fragen, Geschworene?«

Die fünf Männer und die dicke Frau, die vor-
aussah, was der Coroner jetzt sagen würde, und
darum ihr Strickzeug schon hervorholte, schüttelten den Kopf.

»Unterbrechung!«

Hesekiel zündete seine Pfeife an. Maigret tat es
auch. Alle stürzten in den Säulengang und suchten
nach Fünfcentstücken für den roten Coca-Cola-
Automaten.

Einige jedoch, vermutlich Eingeweihte, verschwanden durch eine geheimnisvolle Tür. Maigret
bemerkte, dass sie nach Schnaps rochen, als sie wie-
derkamen.

Im Grunde kam ihm dies alles immer noch un-

wirklich vor. Der alte Schwarze unter den Geschworenen, der das Haar kurz geschoren und eine
Stahlbrille trug, sah ihn lächelnd an, als wären sie
bereits Freunde, und Maigret lächelte zurück.

2

Der Klassenbeste

Manchmal sieht man, besonders in der Provinz, in seinem Stammcafé jemanden, der sich dorthin verirrt hat, weil er auf einen Zug oder eine Verabredung wartet. Er sitzt auf der gepolsterten Bank, gelangweilt und schläfrig, und sieht mit einem Auge dem Kartenspiel am Nebentisch zu.

Offensichtlich kennt er das Spiel nicht, aber schon bald wird er neugierig und will es verstehen. Immer weiter beugt er sich vor, um die Karten in den Händen der Spieler zu erkennen. Je nachdem, was ausgespielt wird, nickt er zustimmend oder wird ungeduldig. Ab einem bestimmten Augenblick kann er sich nur mühsam beherrschen, sich nicht einzumischen.

Etwa so wie dieser Eindringling im Provinzcafé kam sich Maigret an dem Nachmittag vor und schämte sich ein bisschen dafür. Aber es war stärker als er. Er hatte angebissen. Er war im Spiel.

Schon während der Vernehmung von Sergeant Ward war er auf seiner Bank unruhig hin und her gerutscht. Fragen, die selbst dem jüngsten seiner

Inspektoren eingefallen wären, wurden nicht gestellt. Der kleine Richter, obwohl doch so pingelig in seiner Kleidung und seinem Auftreten, schien gar nicht darauf zu kommen.

Gewiss, die Vernehmung vor dem Coroner war noch nicht der Prozess. Die Geschworenen hatten nur zu entscheiden, ob Bessy Mitchell eines natürlichen Todes gestorben, ob sie verunglückt oder ob ihr Tod einer Fahrlässigkeit oder einem Verbrechen zuzuschreiben war.

Im Fall der beiden letzten Hypothesen würde es dann später vor anderen Geschworenen weitergehen.

»Erzählen Sie uns, was sich am 27. Juli zugetragen hat, nach halb sieben am Abend.«

War es nicht schon etwas naiv gewesen, die vier Jungs die Aussage ihres Kameraden mit anhören zu lassen?

Sergeant O'Neil war kleiner, stämmiger als die anderen. Er hatte gewelltes helles Haar mit einem Rotstich. Mit seinem dicklichen Gesicht erinnerte er an einen nordfranzösischen Bauern, einen geschniegelten Bauern allerdings.

Geschniegelt und gestriegelt waren sie alle, wie fast jeder im Raum. Diese Leute sahen alle so gesund und sauber aus, wie man es bei einer Ansammlung von Europäern selten vorfand.

»Wir sind in die Penguin Bar gegangen und haben getrunken.«

Dieser da war der gute Schüler, nicht unbedingt der schlaueste, aber ein Streber. Bevor er antwortete, blickte er zur Decke, wie in der Schule, nahm sich Zeit und sprach dann nachdenklich, mit farbloser Stimme, wobei er sich zu den Geschworenen wandte, wie man es von ihm verlangte.

Im Grunde waren sie alle halbwüchsige Jungs, riesige Burschen von zwanzig Jahren und mehr, muskulös, kräftig gebaut, aber trotzdem Halbwüchsige, die versehentlich für Erwachsene gehalten wurden.

»Wie viele Gläser haben Sie getrunken?«

»Etwa zwanzig.«

»Wer hat die Runden bezahlt?«

Der hier konnte sich daran erinnern. Allmählich – denn er ließ sich die nötige Zeit zum Antworten – erfuhr man, dass Sergeant Ward zwei Runden bezahlt hatte, Dan Mullins fast den ganzen Rest und er selbst, O'Neil, nur eine Runde.

Diesen Jungen hier hätte Maigret am liebsten unter vier Augen in seinem Büro am Quai des Orfèvres einem ordentlichen kleinen Verhör unterzogen, schon um zu sehen, was in ihm steckte.

Unter anderen hätte er ihm eine Frage gestellt – denn außer Ward waren sie alle Junggesellen:

»Haben Sie eine Geliebte?«

Er war nämlich Sanguiniker und hatte bestimmt starke sexuelle Bedürfnisse. In jener Nacht waren sie zu fünft, fünf Männer und nur eine Frau, und alle außer dem Chinesen waren sie ziemlich betrunken.

Hatten sie im Dunkeln hinten im Auto ihre Hände bei sich behalten?

Der Coroner dachte an solche Dinge nicht, jedenfalls fragte er nicht nach.

»Wer hatte die Idee, den Rest der Nacht in Nogales zu verbringen?«

»Ich weiß es nicht mehr genau. Ich glaube, es war Ward.«

»Sie haben es nicht Bessy vorschlagen gehört?«

»Nein, Euer Ehren.«

»Wer saß wo im Wagen?«

Es wirkte, als hätte er die Aussage seines Kameraden nicht gehört, so angestrengt dachte er nach.

»Nach einer Weile hat er Bessy hinten sitzen lassen.«

»Weshalb?«

»Ich nehme an, er war eifersüchtig auf Mullins.«

»Hatte er Grund, auf Mullins eifersüchtig zu sein, mehr als auf die anderen?«

»Ich weiß es nicht.«

»Was passierte, nachdem der Wagen am Flugfeld vorbeigefahren war?«

»Wir haben gehalten.«

»Warum?«

Er sah noch länger zur Decke als vorher, zögerte und sagte dann mit einem Blick auf Ward, der wiederum den Blick auf ihn gerichtet hielt:

»Weil Bessy sich geweigert hat weiterzufahren.«

Es klang, als wollte er sagen: Tut mir wirklich leid, aber es ist die Wahrheit, und ich habe geschworen, die Wahrheit zu sagen.

»Bessy wollte gar nicht nach Nogales weiterfahren?«

»Nein, Euer Ehren.«

»Weshalb nicht?«

»Ich weiß es nicht.«

»Was passierte dann, nachdem Sie gehalten hatten?«

Wieder fiel das Wort, das in der Armee wohl gern benutzt wurde: Latrinengang.

»Hat sich Bessy auch entfernt?«

Er zögerte noch länger als vorher.

»Ich erinnere mich nur daran, dass sie mit Ward wiederkam.«

»Bessy ist wiedergekommen?«

»Ja, Euer Ehren.«

»Ist sie wieder eingestiegen?«

»Ja. Wir haben gewendet und sind nach Tucson zurückgefahren.«

»Wann ist Bessy ausgestiegen?«

»Als der Wagen zum zweiten Mal hielt. Sofort als

wir kehrtmachten, hat Bessy zu Ward gesagt, sie will ihn sprechen.«

»Sie saß hinten neben Ihnen?«

»Ja. Sergeant Ward hat gehalten. Sie sind beide ausgestiegen.«

»In welche Richtung sind sie gegangen?«

»Richtung Bahndamm.«

»Blieben sie lange fort?«

»Sergeant Ward ist nach zwanzig oder fünfundzwanzig Minuten zurückgekommen.«

»Haben Sie nachgesehen, wie spät es war?«

»Ich hatte keine Uhr.«

»Kam er allein zurück?«

»Ja. Er hat gesagt: ›Zum Teufel mit der Kleinen! Das wird ihr eine Lehre sein.‹«

»Worauf spielte er damit an?«

»Ich weiß es nicht.«

»Fanden Sie es normal, in die Stadt zurückzufahren und eine Frau in der Wüste allein zurückzulassen?«

Er gab keine Antwort.

»Worüber haben Sie sich unterwegs unterhalten?«

»Wir haben uns nicht unterhalten.«

»Hatten Sie etwas zu trinken mitgenommen? War im Wagen eine Flasche?«

»Ich kann mich nicht erinnern.«

»Als Ward Sie in der Stadt vor dem Busbahnhof

absetzte, hat er da gesagt, dass er umkehren wollte, um Bessy zu suchen?«

»Nein. Davon hat er nichts gesagt.«

»Hat es Sie nicht überrascht, dass er Sie nicht zur Basis fuhr?«

»Ich habe nicht darüber nachgedacht.«

»Was haben Sie drei getan, Corporal van Fleet, Wo Lee und Sie?«

»Wir haben ein Taxi genommen.«

»Worüber haben Sie sich unterhalten?«

»Über gar nichts.«

»Wer hat beschlossen, das Taxi zu nehmen?«

»Das weiß ich nicht.«

»Wie viel Zeit verging zwischen dem Augenblick, wo Ward und Mullins Sie verließen, und dem, wo Sie ins Taxi stiegen?«

»Kaum drei Minuten. Eher zwei.«

Richtig sture Jungs. Sie hatten ganz offensichtlich etwas zu verbergen, aber es war nichts aus ihnen herauszuholen. Warum übrigens ging man die Angelegenheit auf diese Weise an? Maigret rutschte auf seiner Bank hin und her. Er hätte am liebsten die Hand gehoben, wie in der Schule, um selbst eine Frage zu stellen.

Plötzlich wurde er rot, als er seinen Kollegen Harry Cole im Türrahmen erblickte. Wie lange hatte der ihn schon beobachtet, mit diesem zufriedenen Lächeln im Gesicht?

Cole warf ihm einen Blick zu, der besagte:
Sie wollen wohl lieber noch hierbleiben?

Und nach einer Weile entfernte er sich auf Zehenspitzen wieder und überließ Maigret seiner neuen Leidenschaft.

»Wo hat das Taxi Sie abgesetzt?«

»Dort, wo wir das zweite Mal gehalten hatten.«

»Genau an der Stelle?«

»Es war zu dunkel, ich bin nicht ganz sicher. Wir haben versucht, uns an die genaue Stelle zu erinnern.«

»Worüber haben Sie sich unterwegs unterhalten?«

»Wir haben uns nicht unterhalten.«

»Haben Sie das Taxi zurückgeschickt? Wie wollten Sie in die Stadt zurück und zur Basis gelangen?«

»Per Anhalter.«

»Wie spät war es?«

»Etwa halb vier.«

»Sie sind Wards Wagen nicht begegnet? Haben Sie weder ihn noch Dan Mullins gesehen?«

»Nein.«

Ward hielt den Blick auf ihn gerichtet, während O'Neil vermied, ihn anzusehen. Wenn es doch geschah, schien er sich dafür zu entschuldigen, dass er seine Pflicht tun musste.

»Was haben Sie drei gemacht, als Sie auf der Straße standen?«

»Wir sind Richtung Nogales weitergegangen und dann an den Eisenbahngleisen entlang nach Tucson zurückgekehrt.«

»Ist Ihnen nicht eingefallen, dass Sie jenseits der Straße suchen könnten?«

»Nein, Euer Ehren.«

»Warum nicht?«

»Ich weiß es nicht.«

»Sind Sie lange gegangen?«

»Vielleicht eine Stunde.«

»Ohne jemanden zu sehen?«

»Ja, Euer Ehren.«

»Ohne miteinander zu sprechen?«

»Ja, Euer Ehren.«

»Was geschah dann?«

»Wir haben einen vorbeikommenden Wagen angehalten, und der hat uns zum Stützpunkt zurückgefahren.«

»Wissen Sie, was es für ein Wagen war?«

»Ich glaube, ein Chevrolet 1946.«

»Haben Sie mit dem Fahrer gesprochen?«

»Nein.«

»Was haben Sie auf dem Stützpunkt nach Ihrer Rückkehr getan?«

»Wir haben uns schlafen gelegt. Um sechs Uhr haben wir uns um die Maschinen gekümmert.«

Maigret kochte. Er hätte den kleinen Richter am liebsten geschüttelt und gesagt: Haben Sie denn noch nie in Ihrem Leben einen Zeugen in die Zange genommen? Oder stellen Sie die wesentlichen Fragen absichtlich nicht?

»Wann haben Sie erfahren, dass Bessy Mitchell tot war?«

»Als ihr Bruder es mir sagte, nachmittags gegen fünf.«

»Was genau hat er gesagt?«

»Dass man Bessy tot auf dem Bahndamm gefunden hat und dass es eine Untersuchung geben wird.«

»Wer war dabei, als er das sagte?«

»Wo Lee war mit mir auf dem Zimmer. Er hat gesagt: ›Ich weiß, was passiert ist.‹ Mitchell fing an, ihm Fragen zu stellen, aber Wo Lee hat nur gesagt: ›Ich spreche nur mit dem Sheriff.‹«

Es war kurz nach fünf, und ebenso abrupt wie bisher hob der Coroner die Sitzung auf. Während er die auf dem Pult verstreuten Papiere einsammelte, leierte er mit abwesender Miene herunter:

»Morgen um halb zehn. Nicht hier, sondern in der Zweiten Kammer einen Stock höher.«

Alle verließen den Raum. Die fünf Soldaten, immer noch wortlos, trafen sich in dem Säulengang, und ein Offizier führte sie durch den Patio hinaus.

Harry Cole stand in Gabardinehose und weißem Hemd da, sah aus wie ein junger Sportsmann und war guter Laune.

»Ist Ihr Interesse geweckt, Julius? Was halten Sie von einem Bier?«

Ohne Übergang stand man wieder in der Hitze. Die Helligkeit war so grell, dass sie selbst die Geräusche zu dämpfen schien. In der Ferne ragten die vier oder fünf Hochhäuser der Stadt auf. Die Leute fuhren in ihren Autos davon. Sogar der Indianer – Maigret sah, dass er ein Holzbein hatte – öffnete die Tür eines alten Wagens, dessen Kühlerhaube mit Schnüren gehalten wurde.

»Ich wette, Julius, Sie wollen mich um etwas bitten?«

Sie traten in eine kühle Bar mit Klimaanlage. Hier waren weitere Gabardinehosen und weiße Hemden zu sehen sowie Bierflaschen auf der ganzen Länge der Theke. Auch Cowboys gab es, echte Cowboys, mit den blauen groben Hosen, die eng an den Oberschenkeln saßen, den Stiefeln mit hohen Absätzen und breitkrempigen Hüten.

»Richtig. Können wir den Ausflug nach Nogales verschieben? Ich möchte morgen wieder dabei sein, bei der Vernehmung.«

»Prost! Sonst keine Fragen?«

»Doch, eine Menge. Ich frage, wie es mir in den Sinn kommt. Gibt es hier Prostituierte?«

»Nicht so, wie Sie das Wort verstehen. In manchen Staaten Amerikas, ja. In Arizona ist Prostitution verboten.«

»Bessy Mitchell?«

»Ist ein Ersatz dafür.«

»Erna Bolton auch?«

»Mehr oder weniger ja.«

»Wie viele Soldaten sind auf dem Stützpunkt stationiert?«

»Fünf- bis sechstausend, ich habe mich nie darum gekümmert.«

»Die meisten ledig?«

»Drei Viertel.«

»Wie kommen sie zurecht?«

»Wie es eben geht. Ist nicht ganz einfach.«

Sein andauerndes Lächeln war nicht ironisch. Er empfand sicherlich Achtung für Maigret, vielleicht bewunderte er ihn sogar, zumal er seinen Ruf kannte. Doch es machte ihm Spaß zu sehen, wie sich ein Franzose mit Problemen herumschlug, die ihm völlig fremd waren.

»Ich komme aus dem Osten«, erklärte er mit einigem Stolz. »Aus Neuengland. Sehen Sie, hier im Westen ist das Leben noch mehr so wie früher an der Grenze. Ich könnte Ihnen ein Paar alte Pioniere vorstellen, die damals, Anfang des Jahrhunderts, auf die Apachen geschossen haben und die dann zusammen über einen Pferde- oder Rinderdieb zu Gericht saßen und ihn zum Tod durch Erhängen verurteilten.«

Es war noch keine halbe Stunde vergangen, da

hatten sie schon jeder drei Flaschen Bier getrunken, und Harry Cole entschied: »Zeit für Whisky!«

Dann fuhren sie in Richtung Nogales. Als sie durch Tucson kamen, war Maigret ebenso erstaunt wie über das Gericht. Tucson war mit über hunderttausend Einwohnern keine kleine Stadt.

Trotzdem wirkte sie außerhalb des Zentrums, außerhalb des Geschäftsviertels, wo die fünf, sechs etwa zwanzigstöckigen Hochhäuser in den Himmel ragten, wie eine Siedlung, oder richtiger wie mehrere ineinandergreifende Siedlungen, die einen reicher, die anderen ärmer, aber alle gleich neu, adrett, mit einstöckigen Häusern.

Weiter draußen waren die Straßen nicht mehr gepflastert. Es gab große leere Flächen, mit nichts als Sand und Kakteen. Wenn man das Flugfeld hinter sich ließ, befand man sich übergangslos in der Wüste, mit den violetten Bergen in der Ferne.

»Hier ungefähr ist es passiert. Wollen Sie aussteigen? Aber Vorsicht vor den Klapperschlangen!«

»Gibt es hier welche?«

»Manchmal sogar in der Stadt.«

Die Eisenbahnlinie war eingleisig und verlief etwa fünfzig Meter neben der Straße.

»Ich glaube, in vierundzwanzig Stunden fahren vier bis fünf Züge. Haben Sie Lust, in Mexiko etwas trinken zu gehen? Nogales ist nur einen Katzensprung entfernt.«

Hundert Kilometer! Allerdings legten sie die in knapp einer Stunde zurück.

Eine kleine Stadt, in der ein Drahtzaun die beiden Hauptstraßen trennte. Männer in Uniform. Harry Cole sprach mit ihnen, und einen Augenblick später tauchten sie mitten hinein in unerwartetes Gewimmel in engen, schlecht gepflegten Gassen.

»Wir fangen mit den Kellerbars an, obwohl es noch ein bisschen früh ist.«

Halb nackte Bengel bedrängten sie, um ihnen die Schuhe putzen zu dürfen, und vor allen Souvenirläden wurden sie von Erwachsenen angehalten.

»Jahrmarkt, wie Sie sehen. Wenn die Leute aus Tucson oder Phoenix und sogar von noch weiter weg sich amüsieren wollen, kommen sie hierher.«

In einer riesigen Bar trafen sie in der Tat nur auf Amerikaner.

»Glauben Sie, dass Bessy Mitchell ermordet worden ist?«

»Ich weiß nur, dass sie tot ist.«

»Unfall?«

»Ich muss gestehen, es geht mich nichts an. Mich gehen nur Verbrechen auf Bundesebene an. Dies aber ist kein solches Verbrechen. Es ist Angelegenheit der County-Polizei.«

Mit anderen Worten, dafür waren der Sheriff und seine Deputy Sheriffs zuständig. Darüber wunderte sich der Kommissar noch viel mehr als über diesen merkwürdigen Jahrmarkt mit seinen starken Gerüchen.

Der Sheriff als Leiter der Polizeibehörde des Countys war nicht etwa ein Beamter, der durch Beförderung oder eine Prüfung auf den Posten kam, sondern ein Bürger, der gewählt wurde wie ein Pariser Stadtrat.

Sein früherer Beruf spielte keine Rolle. Er stellte sich zur Wahl und machte seine Wahlkampagne.

Einmal gewählt, suchte er sich nach seinem Belieben die Deputy Sheriffs aus, mit anderen Worten seine Inspektoren, die Männer mit ihren schweren Revolvern und den vielen Patronen im Gürtel eben, die Maigret gesehen hatte.

»Das ist aber noch nicht alles!«, fügte Harry Cole mit einem Schuss Ironie hinzu. »Außer den besoldeten Deputy Sheriffs gibt es noch die vielen anderen.«

»Solche wie mich?«, fragte Maigret scherzend und dachte an die silberne Plakette, die er bekommen hatte.

»Ich spreche von den Freunden des Sheriffs, von einflussreichen Wählern, denen man die gleiche Plakette gibt. Fast alle Rancher zum Beispiel sind Deputy Sheriffs. Und glauben Sie ja nicht, dass sie das auf die leichte Schulter nehmen! Vor ein paar Wochen hat ein ausgebrochener Zuchthäusler einen Wagen gestohlen. Der Mann fuhr von Tucson nach

Nogales. Der Sheriff von Tucson hat einen Rancher alarmiert, der ungefähr auf halber Strecke wohnt. Der hat ein paar Nachbarn angerufen, Viehzüchter wie er selbst. Und Deputy Sheriffs wie er selbst. Mit ihren Wagen haben sie die Straße blockiert, und als der Mann im gestohlenen Wagen versuchte, die Sperre zu durchbrechen, haben sie erst in die Reifen und dann auf ihn selbst geschossen. Und den Kerl schließlich mit dem Lasso eingefangen. Was sagen Sie dazu?«

Maigret hatte noch nicht so viele Gläser getrunken wie die Jungs, die vor Gericht standen, aber es kam doch eins zum anderen, und er grummelte komisch: »In Frankreich hätten die Leute vor Ort eher versucht, die Polizei aufzuhalten.«

Er wusste nicht mehr, wann sie nach Tucson zurückgekehrt waren.

Immer noch unter der Führung von Cole hatte er die Penguin Bar betreten, gegen Mitternacht, er erinnerte sich nicht genau. Hinter der langen Theke aus dunklem, gewachstem Holz standen bunte Flaschen aufgereiht. Wie in allen Bars war das Licht gedämpft, und das Weiß der Hemden hob sich dagegen ab.

Hinten im Raum thronte gewichtig, bauchig und verchromt ein Musikautomat. Gleich daneben stand ein Apparat, in den ein Mann reiferen Alters eine ganze Stunde lang Münzen steckte. Er versuchte die Nickelkugeln in die Löcher zu lenken, um eine Runde zu gewinnen.

Auf diesem Automaten waren lächelnde, schlicht gemalte Frauen im Badeanzug abgebildet. Der Kalender an der Bar zeigte eine ganz nackte Frau im Stil der *Vie Parisienne*.

Echte Frauen aus Fleisch und Blut aber gab es hier kaum. Nur zwei oder drei saßen an Tischen, durch etwa anderthalb Meter hohe Wände voneinander getrennt. Sie waren in Begleitung. Die Paare hockten dort unbeweglich, Hand in Hand, vor Bier oder Whisky und lauschten vage lächelnd der Musik, die ohne Unterlass aus dem Automaten kam.

»Wirklich lustig hier«, bemerkte Maigret zwischen den Zähnen.

Cole reizte ihn, er hätte nicht sagen können, weshalb. Vielleicht war es das unerschütterliche Selbstvertrauen, das dem Kommissar auf die Nerven ging.

Er war ein einfacher Beamter des FBI, und er fuhr einen schweren Wagen mit einer Hand, ließ das Steuer sogar los, um sich seine Zigarette anzustecken, bei hundert Stundenkilometern. Er kannte jeden, und jeder kannte ihn. Ob in Mexiko oder hier, überall klopfte er den Leuten auf die Schulter, und sie sagten in freundschaftlichem Ton:

»Hello, Harry!«

Cole stellte Maigret vor, und man schüttelte dem

Kommissar die Hand wie einem alten Bekannten, ohne sich für den Grund seines Hierseins zu interessieren.

»Have a drink!«

Egal ob gut oder schlecht, Hauptsache trinkbar.

An der Bar saßen Männer auf hohen Schemeln wie angeschraubt und hoben nur von Zeit zu Zeit einen Finger, eine Bewegung, die der Barkeeper sofort verstand. Einige Unteroffiziere der Luftwaffe tranken wie die anderen. Vielleicht waren auch einfache Soldaten anwesend, doch hatte Maigret noch keinen gesehen.

»Wenn ich das richtig verstehe, kehren sie zum Stützpunkt zurück, wann sie wollen.«

Die Frage überraschte Cole.

»Selbstverständlich!«

»Auch um vier Uhr morgens, wenn es ihnen passt?«

»Wenn sie keinen Dienst haben, brauchen sie nicht zurückzukehren.«

»Und wenn sie betrunken sind?«

»Ihre Sache. Es kommt nur darauf an, dass sie ihre Pflicht tun.«

Warum machte ihn das wütend? Weil er an seine eigene Militärzeit denken musste, an den Appell abends um zehn, an die Wochen des Wartens auf die armselige Erlaubnis, einmal bis Mitternacht auszugehen?

»Vergessen Sie nicht, dass es Freiwillige sind.«

»Ich weiß. Wo werden sie angeworben?«

»Wo auch immer. Auf der Straße. Haben Sie noch nie an einer Kreuzung einen dieser Lastwagen gesehen, aus denen Musik kommt? Im Innern hängen Fotos aus exotischen Ländern, und ein Sergeant schildert die Vorzüge des Soldatenlebens.«

Cole wirkte immer, als wäre das Leben ein amüsantes Spiel.

»Man findet da so ziemlich alles, wie in jeder Armee. Ich schätze, bei Ihnen gehen auch nicht nur die braven Jungs zur Armee. Hello, Bill! Mein Freund Julius! *Have a drink!*«

Zum zehnten oder zwanzigsten Mal an diesem Abend hörte Maigret zu, wie ihm ein Unbekannter von seinen Pariser Erlebnissen erzählte. Denn sie waren alle in Paris gewesen. Und alle setzten diese Kerle diese anzügliche Miene auf, wenn sie davon sprachen.

»*Have a drink!*«

Würde der Coroner am nächsten Morgen ihn verhören, so könnte er auch antworten:

»Ich weiß nicht, wie viele Gläser es waren. Zwanzig vielleicht?«

Je mehr er trank, desto schweigsamer wurde er. Bis er schließlich den bockigen Gesichtsausdruck von Sergeant O'Neil hatte.

Er war entschlossen, die Sache zu verstehen, und

er würde sie begreifen. Er hatte schon herausgefunden, warum Harry Cole ihm auf die Nerven ging. Der Mann vom FBI war im Grunde genommen davon überzeugt, dass Maigret in seinem eigenen Land zwar eine Größe, hier in den Vereinigten Staaten aber ganz untauglich war.

Je mehr Cole ihn nachdenken sah, umso mehr amüsierte er sich. Für Maigret galt hingegen, dass sich die Menschen und ihre Leidenschaften überall glichen.

Er musste aufhören, auf die Unterschiede zu starren. Sich zum Beispiel nicht mehr über die Höhe der Hochhäuser wundern, über die Wüste, die Kakteen, die Stiefel und Hüte der Cowboys, die Spiel- und die Musikautomaten.

Es waren fünf Soldaten und ein Mädchen, gut. Und alle hatten getrunken. Sie hatten getrunken, so wie Maigret jetzt trank, mechanisch, wie es alle Männer taten, die an diesem Abend hier waren.

»Hello, Harry!«

»Hello, Jim!«

Offensichtlich hatte niemand einen Familiennamen. Und offensichtlich waren sie alle beste Freunde. Sooft Cole ihm jemanden vorstellte, fügte er betont hinzu:

»Ein guter Junge!«

Oder:

»Prima Kerl!«

Kein einziges Mal hatte er gesagt: Ein Schuft!

Wo waren die Schufte? Gab es etwa keine?

Oder war man hier nur nachsichtiger?

»Glauben Sie, dass die fünf Soldaten heute Abend ausgehen dürfen?«

»Warum nicht?«

Was hätte ihnen in Paris geblüht! Vor allem, wenn sie in ihre Kasernen zurückgekehrt wären!

»Man hat nichts gegen sie in der Hand, oder?«

»Noch nicht«, brummte Maigret.

»Solange jemand nicht für schuldig befunden wird …«

»Ja, ja, ich weiß!«

Er trank griesgrämig sein Glas aus. Dann betrachtete er eines der Paare. Seit bestimmt fünf Minuten klebten die Lippen der beiden aneinander, die Hände des Mannes waren nicht zu sehen.

»Sagen Sie, die beiden sind wahrscheinlich nicht verheiratet?«

»Nein.«

»Sie dürfen also nicht ins Hotel gehen?«

»Nur wenn sie sich als Ehepaar eintragen. Das ist aber ein Delikt und kann üble Folgen haben, vor allem, wenn sie aus einem anderen Staat kommen.«

»Wohin gehen sie dann, um miteinander zu schlafen?«

»Erst einmal ist nicht bewiesen, dass sie das später noch möchten.«

Maigret zuckte wütend die Achseln.

»Und dann gibt es ja noch das Auto.«

»Und wenn sie keins haben?«

»Sehr unwahrscheinlich. Die meisten haben einen Wagen. Wenn nicht, müssen sie sich anders behelfen. Das ist deren Sache, nicht wahr?«

»Und wenn sie auf der Straße dabei erwischt werden?«

»Das wird teuer.«

»Und wenn das Mädchen siebzehneinhalb ist und nicht achtzehn?«

»Das kann dem Mann bis zu zehn Jahre Zuchthaus einbringen.«

»Bessy Mitchell war noch keine achtzehn.«

»Aber verheiratet und geschieden.«

»Und Maggie Wallach, offenbar die Freundin des Musikers?«

»Wieso das?«

»Es liegt doch auf der Hand.«

»Haben Sie die beiden zusammen gesehen?«

Maigret biss die Zähne zusammen.

»Vergessen Sie nicht, dass auch sie verheiratet ist. Und geschieden.«

»Und Erna Bolton, die mit Bessys Bruder geht?«

»Sie ist zwanzig.«

»Kennen Sie die Prozessakten?«

»Ich? Die gehen mich nichts an. Ich sagte ja schon, dass ich in diesem Fall nicht zuständig bin. Wäre

die Straftat zum Beispiel mithilfe der Post begangen worden, dann würde das in meinen Zuständig-
keitsbereich fallen. Oder wenn die Jungs auch nur
eine einzige Marihuana-Zigarette geraucht hätten.
Have a drink, Julius!«

Sie waren zwanzig Männer da an der Bar, tran-
ken und sahen geradeaus auf die aufgereihten
Flaschen und auf den Kalender, der eine nackte
Frau zeigte. Nackte oder halb nackte Frauen gab
es ziemlich überall, auf den Werbeplakaten und
Reklamekalendern, Bilder hübscher Mädchen im
Badeanzug auf jeder Zeitungsseite und jeder Kino-
leinwand.

»Aber was ist, wenn diesen Kerlen eine Frau gefällt?«

Harry Cole, besser an den Whisky gewöhnt, sah
ihn an und lachte.

»Dann heiraten sie.«

In Wirklichkeit hatte der Coroner die wesentlichen Fragen absichtlich nicht gestellt. Hoffte er
trotzdem, die Wahrheit herauszubekommen? Oder
pfiff er drauf?

Vielleicht war die ganze Vernehmung eine pure
Formsache, vielleicht wollte niemand wirklich wissen, was in der Nacht geschehen war.

Einer der beiden Männer, die bisher gehört worden waren, hatte gelogen. Unverkennbar. Entweder Sergeant Ward oder Sergeant O'Neil.

Aber niemand schien sich darüber zu wundern. Die Fragen an den einen und an den anderen wurden mit der gleichen Freundlichkeit oder vielmehr Gleichgültigkeit gestellt.

»Glauben Sie, der Barkeeper wird vorgeladen?«

»Wozu denn?«

Es war derselbe Mann, der an diesem Abend bediente. Er hatte einen Kopf wie ein Boxer.

»Gleich wirft man uns raus«, kündigte Cole mit einem Blick auf die Uhr an. »Wollen Sie etwas mitnehmen?«

Da Maigret nicht gleich verstand, deutete er hinüber:

»Da, sehen Sie mal!«

An einer anderen Theke in der Nähe der Tür, wo Alkohol in Flaschen verkauft wurde, erstanden zwei Gäste flache Flaschen und ließen sie in ihre Tasche gleiten.

»Die beiden haben vielleicht noch einen langen Weg vor sich, nicht wahr? Oder sie haben Probleme mit dem Einschlafen.«

Der Mann vom FBI machte sich über ihn lustig, und Maigret sagte kein Wort mehr, bis der Wagen ihn vor dem Pionier Hotel absetzte.

»Wenn ich richtig verstehe, verbringen Sie den Tag morgen im Gericht?«

Maigret brummte etwas Unverständliches.

»Ich hole Sie dort um die Mittagszeit ab. Sie haben Glück. Die Sitzung findet in der Zweiten Kammer im ersten Stock statt, da ist die Luft klimatisiert. Gute Nacht, Julius!«

Ohne Bosheit, als handelte es sich nicht um eine Tote, sagte er:

»Und träumen Sie nicht von Bessy!«

3

Der kleine Chinese,
der nicht getrunken hatte

Zu seiner Freude begrüßten ihn mindestens drei Menschen. Der erste Stock des County House war wie das Erdgeschoss von einem Säulengang umschlossen. Es war schon sehr warm, und Männergruppen, die auf den Ruf Hesekiels warteten, standen im Schatten und rauchten Zigaretten.

Vor allem winkte ihm Hesekiel, mit seiner großen Pfeife im Mund, herzlich zu, ebenso der Geschworene mit dem Holzbein.

Maigret hatte sich auf dem Herweg vom Hotel gefragt, ob sich das Publikum Sergeant Ward gegenüber wohl spürbar anders verhalten würde.

Am Vortag, als O'Neil vom zweiten Halt des Wagens erzählt hatte und dass Ward und Bessy zusammen in Richtung Bahndamm gegangen waren, hatte es zwar kein Gemurmel, aber doch einen kleinen kollektiven Schock gegeben. Jeder musste einen Stich in der Brust empfunden haben.

Würde man Ward jetzt ansehen, wie man unwillkürlich diejenigen ansieht, die gemordet haben?

Die fünf Soldaten standen in der Nähe des Offiziers, der sie herbegleitet hatte. Sie rauchten wie die anderen und warteten darauf, in den Saal zu dürfen. Wie Schüler, die sich aus dem Weg gehen, hielten sie Abstand.

Es kam Maigret so vor, als stünde Ward, mit den blauen Augen unter den dicken schwarzen Brauen, noch weiter abseits und als blickte man von Weitem verstohlen zu ihm hinüber.

Hatte er die Nacht zu Hause verbracht? Wie benahm er sich jetzt seiner Frau gegenüber? Und wie verhielt sich seine Frau? Hatte er sie um Verzeihung gebeten? Waren sie endgültig verkracht?

Der Chinese mit den großen mandelförmigen Augen war fein und hübsch wie ein junges Mädchen.

Er war klein und wirkte viel jünger als die anderen. Auch in der Schule gibt es immer einen Schüler, der als *Mädchen* gehänselt wird.

Es waren mehr Neugierige als gestern gekommen. Die Zeitung hatte über die erste Sitzung mit fetter Überschrift berichtet:

SERGEANT WARD BEHAUPTET,
MIT DROGEN BETÄUBT WORDEN ZU SEIN.
O'NEIL WIDERSPRICHT WARDS AUSSAGE
IN MEHREREN PUNKTEN.

Der sah nach wie vor aus wie ein guter und gewissenhafter, zu gewissenhafter Schüler. Hatten sie seit gestern miteinander gesprochen, Ward und er?

Maigret war mit schlechter Laune aufgewacht. Er hatte starke Kopfschmerzen gehabt, einen heftigen Kater, um es beim Namen zu nennen, doch der war vergangen. Aber es hatte ihn geärgert, dass er ihr System hatte anwenden müssen. Schon in den ersten Tagen in New York war er darüber verwundert gewesen, früh morgens frische und ausgeruhte Menschen anzutreffen, von denen er sich in der Nacht zuvor verabschiedet hatte, als sie ziemlich betrunken waren. Man hatte ihm den Trick gezeigt. Und seitdem sah er in allen Drugstores, Cafés und Bars diese besonders blaue Flasche. Sie hing in einem vernickelten Gestell an der Wand, mit dem Hals nach unten zum Abmessen der Dosis.

Von der Flüssigkeit wurde einem etwas in ein Glas Wasser gepumpt, das zu schäumen und zu knistern begann. Man bekam das Glas ebenso selbstverständlich wie einen Café au Lait oder eine Coca-Cola auf den Tisch gestellt, und nach wenigen Minuten waren die Nachwirkungen des Alkohols verschwunden.

Warum nicht? Neben den Apparaten zum Sichbetrinken der Apparat zum Nüchternwerden. Immerhin, logisch waren sie!

»Geschworene!«

Man betrat den Raum, und dieser war größer als der gestern. Dieser sah wie ein richtiger Gerichtssaal aus, mit einer Balustrade zwischen Gericht und Publikum, einem Katheder für den Coroner, einem Pult mit Mikrofon für die Zeugen. Die Geschworenen, die auf einer wirklichen Geschworenenbank Platz genommen hatten, wirkten gleich viel feierlicher.

So konnte Maigret heute auch Leute, die er tags zuvor schlecht hatte sehen können, besser beobachten. Zum Beispiel einen stämmigen Kerl mit rötlichem Haar. Er war immer in der Nähe des Attorneys, machte Notizen, sprach halblaut mit ihm. Maigret hatte ihn zuerst für einen Sekretär oder einen Journalisten gehalten.

»Wer ist das?«, fragte er seinen Nachbarn.

»Mike!«

Den Namen wusste er schon, er hatte gehört, wie er gerufen wurde.

»Was macht er?«

»Mike O'Rourke? Er ist der Chief Deputy Sheriff, er leitet die Untersuchung.«

Der Maigret des Countys, wenn man so wollte. Sie waren beide ähnlich korpulent, mit einem fetten Wulst über dem Hosengürtel und einem feisten Nacken und hatten etwa das gleiche Alter.

War es denn in Paris so anders als hier? O'Rourke trug seine Sheriffplakette nicht und hatte keinen

Revolver am Gürtel. Mit dem hellen Teint der Rothaarigen und seinen veilchenblauen Augen machte er einen friedfertigen Eindruck.

Kam der Gedanke von ihm und hatte er ihn dem Attorney zugeflüstert, zu dem er sich oft hinüberbeugte? Jedenfalls stand der Attorney schon zu Beginn der Verhandlung auf und bat, dem letzten Zeugen von gestern eine Frage stellen zu dürfen, sodass sich O'Neil aufs Podest vor das Mikrofon setzte, das man in die passende Höhe brachte.

»Haben Sie den Zustand des Wagens bemerkt, der Sie nach Tucson zurückbrachte? War er nicht beschädigt?«

Der gute Schüler runzelte die Stirn und blickte fragend zur Decke.

»Ich weiß es nicht.«

»Hatte er zwei oder vier Türen? Sind Sie rechts oder links eingestiegen?«

»Ich glaube, vier Türen. Ich bin auf der Beifahrerseite eingestiegen.«

»Also rechts. Und Sie haben keinen Schaden an der Karosserie bemerkt, als hätte der Wagen einen Unfall gehabt?«

»Ich kann mich nicht erinnern.«

»Waren Sie in dem Augenblick sehr betrunken?«

»Ja, Euer Ehren.«

»Noch betrunkener als zu dem Zeitpunkt, wo Bessy die Runde verließ?«

»Ich weiß es nicht. Vielleicht.«

»Aber Sie hatten nichts mehr getrunken, seit Sie das Haus des Musikers verlassen hatten?«

»Nein.«

»Das ist alles.«

O'Neil stand auf.

»Entschuldigung. Eine Frage noch. Auf welchem Platz saßen Sie im letzten Wagen?«

»Vorn neben dem Fahrer.«

Der Attorney gab durch ein Zeichen zu verstehen, dass er keine weiteren Fragen hatte, und nun kam Sergeant van Fleet an die Reihe, ein Blonder mit ziegelsteinfarbenem Gesicht und gewelltem Haar. Maigret nannte ihn in Gedanken den Flamen. Seine Kameraden nannten ihn Pinky.

Er war der Erste, der nervös wirkte, als er auf dem Zeugenstuhl Platz nahm. Er gab sich sichtlich Mühe, ruhig zu bleiben, wusste aber nicht, wohin er blicken sollte, und kaute an den Fingernägeln.

»Verheiratet? Ledig?«

»Ledig.«

Er musste sich räuspern, um klarer zu sprechen, und der Coroner stellte das Mikrofon etwas lauter ein. Er hatte einen merkwürdigen Sessel, der Coroner. Er konnte ihn in verschiedene Lagen bringen und verbrachte viel Zeit damit, die Rückenlehne weiter nach hinten zu stellen, dann wieder etwas nach vorn und erneut nach hinten.

»Erzählen Sie uns, was sich am 27. Juli nach halb acht am Abend zugetragen hat.«

Hinter Maigret saß eine junge Schwarze mit einem Baby auf dem Arm. Er hatte sie am Tag zuvor schon bemerkt. Heute war sie in Begleitung ihres Bruders und ihrer Schwester. Zwei schwangere Frauen saßen im Saal. Dank der Klimaanlage war es kühl, viel kühler als unten. Trotzdem fummelte Hesekiel von Zeit zu Zeit mit wichtiger Miene an dem Apparat herum.

Der Flame sprach langsam und machte Pausen, in denen er nach den richtigen Worten suchte. Die vier anderen Soldaten saßen mit dem Rücken zu den Zuschauern auf einer Bank, und Pinky sah verstohlen zu ihnen hin, als wollte er sie bitten, ihm vorzusagen.

Die Penguin Bar, die Wohnung des Musikers, die Abfahrt nach Nogales.

»Wo saßen Sie in Wards Wagen?«

»Zuerst saß ich hinten mit Sergeant O'Neil und Corporal Wo Lee, aber dann musste ich nach vorne, als Ward zu Bessy sagte, sie soll sich nach hinten setzen. Ich saß dann rechts neben Mullins.«

»Was geschah dann?«

»Hinter dem Flugfeld hielt der Wagen an der rechten Straßenseite, und wir sind alle ausgestiegen.«

»Wurde da schon entschieden, nicht nach Nogales weiterzufahren?«

»Nein.«

»Wann wurde das besprochen?«

»Als alle wieder im Wagen saßen.«

»Mit Bessy?«

Er zögerte. Maigret meinte, dass er zu O'Neil blickte.

»Ja. Ward hat erklärt, dass wir in die Stadt zurückfahren.«

»War es nicht Bessy, die das sagte?«

»Ich habe es Ward sagen hören.«

»Hat der Wagen ein zweites Mal gehalten?«

»Ja. Bessy hat zu Ward gesagt, dass sie ihn sprechen möchte.«

»War sie sehr betrunken? Wusste sie noch, was sie tat?«

»Ich glaube, ja. Die beiden haben sich entfernt.«

»Wie lange blieben sie fort?«

»Ward kam nach fünf bis sechs Minuten allein zurück.«

»Sie sagen, nach fünf bis sechs Minuten. Haben Sie auf die Uhr gesehen?«

»Nein. Aber ich glaube nicht, dass er länger fortgeblieben ist.«

»Was hat er dann gesagt?«

»Er hat nichts gesagt.«

»Hat ihn niemand nach Bessy gefragt?«

»Nein, Euer Ehren.«

»Haben Sie sich nicht gewundert, dass ohne sie weitergefahren wurde?«

»Vielleicht etwas.«

»Ward hat während der ganzen Fahrt nichts dazu gesagt?«

»Nein, Euer Ehren.«

»Wer kam auf die Idee, ein Taxi zu nehmen, um zu der Stelle zurückzufahren?«

Er zeigte auf O'Neil.

»Haben Sie besprochen, ob Wo Lee mitfahren sollte oder nicht?«

Maigret, der zu dösen schien, zuckte zusammen. Das war wieder eine kleine, belanglose Frage. Sie schien zu verraten, dass der Coroner mehr wusste, als er zeigen wollte. O'Rourke beugte sich gerade zum Attorney hinüber, der etwas notierte.

»Nein, Euer Ehren.«

»Worüber haben Sie während der Fahrt miteinander gesprochen?«

»Wir haben nicht gesprochen.«

»Als das Taxi hielt, gab es da nicht eine Auseinandersetzung zwischen Ihnen und O'Neil?«

»Ich erinnere mich nicht. Nein, Euer Ehren.«

O'Rourke beherrschte offenbar sein Handwerk. Er hatte den Fahrer ausfindig gemacht, was sicher nicht schwer war, und zu gegebener Zeit würde man vermutlich auch dessen Aussage hören.

Von den drei Soldaten, die bisher vernommen worden waren, fühlte sich Pinky am wenigsten wohl in seiner Haut.

»Sie teilen sich doch das Zimmer mit O'Neil?«

»Ja, Euer Ehren.«

»Seit wann?«

»Etwa ein halbes Jahr.«

»Sind Sie eng mit ihm befreundet?«

»Wir gehen immer zusammen aus.«

Als der Attorney die Möglichkeit bekam, dem Zeugen Fragen zu stellen, beschränkte er sich auf eine:

»War der Wagen, der Sie zum Stützpunkt zurückbrachte, in gutem Zustand?«

Auch Pinky wusste es nicht. Und auf die Marke hatte er nicht geachtet. Er erinnerte sich nur an eine weiße oder helle Karosserie.

»Unterbrechung!«

Es war merkwürdig: Ohne eigentlichen Grund schien Sergeant Ward schon viel weniger als Mörder dazustehen. Jetzt war es O'Neil, auf den die Blicke der Leute fielen. Vielleicht war er vollkommen unschuldig. Vielleicht waren sie alle unschuldig. Und sie spürten, wie der Verdacht vom einen auf den anderen übersprang, vielleicht verdächtigten sie sich sogar gegenseitig?

Was dachten sie wohl, während sie auf der Terrasse rauchten und Coca-Cola tranken?

Maigret hätte sich O'Rourke vorstellen können. Der hätte ihm auf die Schulter geklopft und ihn vermutlich in den Kreis der Eingeweihten aufgenommen. Es amüsierte ihn aber mehr, das Kommen und Gehen seines Kollegen zu beobachten. O'Rourke nutzte die Unterbrechung der Verhandlung, um in einem verglasten Büro ein paar Telefongespräche zu führen.

Als es weitergehen sollte, war der Attorney nicht da, und es wurde im ganzen Gebäude nach ihm gesucht. Vielleicht hatte er auch telefoniert?

»Corporal Wo Lee.«

Dieser huschte auf den Zeugenstuhl, und man musste das Mikrofon auf die Höhe seines Mundes herunterschrauben. Er sprach so leise, dass er trotz des Verstärkers kaum zu verstehen war.

Schon die anderen drei hatten sich viel Zeit zwischen den Sätzen genommen. Wo Lee aber pausierte so lange, dass es wirkte, als käme er nicht weiter oder dächte plötzlich an ganz etwas anderes.

War es etwa so, dass sie sich, wie eine Schülerbande, die etwas ausgefressen hat, gegenseitig beschuldigten zu petzen?

Maigret musste sich nach vorn beugen und sehr aufmerksam zuhören, denn es war schwierig, dem Chinesen zu folgen.

»Erzählen Sie uns, was sich am …«

Es ging so langsam voran, dass der Coroner eine neue Unterbrechung verkündete, bevor die Abfahrt nach Nogales geschildert wurde. Während der Pause führte man ihm drei Häftlinge in blauer Uniform vor, Leute, die tags zuvor festgenommen worden waren und mit der Sache hier nichts zu tun hatten.

Ein Mexikaner mit stark indianischem Einschlag war der Trunkenheit und nächtlicher Ruhestörung auf der Straße beschuldigt.

»Bekennen Sie sich schuldig?«

»Ja.«

»Fünf Dollar oder fünf Tage Gefängnis. Der Nächste!«

Ein ungedeckter Wechsel.

»Bekennen Sie sich schuldig? Die Verhandlung wird auf den 7. August angesetzt. Gegen eine Kaution von fünfhundert Dollar können Sie freigelassen werden.«

Maigret ging hinunter, um eine Coca-Cola zu trinken, und zwei von den Geschworenen lächelten ihm zu, als er vorbeiging.

Als er zurückkam, saß der Chinese schon auf seinem Platz. Er antwortete auf eine Frage, die man an ihn gerichtet hatte. Inzwischen standen auch Leute vor der offenen Tür, aber niemand hatte sich auf Maigrets Platz gesetzt, was ihn freute.

»Als wir die Bar verließen, haben wir zwei Flaschen Whisky gekauft«, sagte Wo Lee langsam.

»Was geschah bei dem Musiker?«

»Bessy und Sergeant Mullins sind in die Küche

gegangen. Etwas später ist Sergeant Ward ihnen gefolgt. Es gab einen Streit.«

»Zwischen beiden Männern oder zwischen Ward und Bessy?«

»Ich weiß es nicht. Ward kam mit einer Flasche in der Hand zurück.«

»Waren beide Flaschen leer getrunken worden?«

»Nein. Eine Flasche war im Wagen liegen geblieben.«

»Vorne oder hinten?«

»Auf der hinteren Bank.«

»Welche Seite?«

»Auf der linken Seite.«

»Wer saß auf der linken Seite?«

»Sergeant O'Neil.«

»Haben Sie gesehen, ob er unterwegs getrunken hat?«

»Es war zu dunkel, um das zu sehen.«

»Wirkte Harold Mitchell an dem Abend so, als wäre er wütend auf seine Schwester?«

»Nein, Euer Ehren.«

Übrigens war Bessys Bruder heute in Uniform. Am Tag zuvor war er in Zivil erschienen, in einem scheußlichen lilafarbenen Hemd. Er hatte ausgesehen wie ein Ganove aus einem Film.

In seiner sauberen, gut gebügelten Kakiuniform heute wirkte er aufrichtiger. Während der Aussage des Chinesen kam der Musiker herein, ging zu

Bessys Bruder und nahm ihn mit auf die Terrasse, wo er leise einige Worte zu ihm sagte. Als Mitchell zurückkam, ging er zu Mike O'Rourke, der wiederum mit dem Attorney sprach. Dieser stand auf und sagte:

»Sergeant Mitchell bittet das Gericht, einen Zeugen möglichst bald vorzuladen.«

Sergeant Mitchell hatte sich wie tags zuvor neben Maigret gesetzt.

Er stand auf, als sich der Coroner ihm zuwandte, und sagte mit leicht zitternder Stimme:

»Angeblich haben gewisse Männer im Zug am Handgelenk meiner Schwester ein Stück Schnur gesehen. Ich möchte, dass man sie anhört.«

Man bedeutete ihm, sich wieder zu setzen. Der Coroner sprach mit dem Gerichtsdiener und fuhr dann mit der Vernehmung fort.

»Was hat sich zugetragen, als der Wagen hielt, etwa eine Meile hinter dem Flugfeld?«

Und wieder, nun mit anderem Akzent, das Wort *Latrinengang*. Alle mussten lächeln, als wäre es ein Witz.

»Haben Sie gesehen, dass Bessy sich vom Wagen entfernte?«

»Ja. Sie hat sich in Gesellschaft von Sergeant Mullins entfernt.«

Auf dessen Rücken blickte man nun. Dass Ward der Mörder war, wurde immer unwahrscheinlicher.

»Sind die beiden lange weggeblieben? Wo war Ward währenddessen?«

»Er kam als einer der Ersten zum Wagen zurück. Dann ist auch Bessy eingestiegen. Auf Mullins mussten wir einige Minuten warten.«

»Wie lange waren Bessy und Mullins zusammen fort?«

»Vielleicht zehn Minuten.«

»War es schon entschieden, nicht weiter nach Nogales zu fahren?«

»Nein. Erst beim Losfahren sagte Bessy, dass sie genug hatte und nach Hause wollte.«

»Ist Ward ohne Widerrede umgekehrt?«

»Ja, Euer Ehren.«

»Sagen Sie uns, was später geschehen ist. Sie haben an dem Abend nichts getrunken, nicht wahr?«

»Nur Coca-Cola. Bessy hat nach etwa hundert Metern gebeten, man soll wieder halten.«

»Sonst hat sie nichts gesagt?«

»Nein.«

»Wer ist mit ihr ausgestiegen?«

»Zuerst niemand. Sie ist allein weggegangen. Dann ist Mullins auch ausgestiegen.«

»Sind Sie sicher, dass es Mullins war?«

»Ja.«

»Blieb er lange fort?«

»Mindestens zehn Minuten. Vielleicht länger.«

»Ist er in Richtung Bahndamm gegangen?«

»Ja. Dann stieg Sergeant Ward links aus und ging um den Wagen herum. Er ist aber gleich wieder eingestiegen, denn man hörte Mullins' Schritte.«

»Haben die beiden Männer sich gestritten?«

»Nein. Wir sind weitergefahren. Vor dem Busbahnhof sind wir ausgestiegen, Sergeant O'Neil, van Fleet und ich.«

»Wer schlug vor zurückzufahren?«

»Sergeant O'Neil.«

»Hat er Sie gebeten, nicht mitzukommen?«

»Nicht ausdrücklich. Er hat mich nur gefragt, ob ich nicht zu müde bin und lieber zurück zur Basis möchte.«

»Was ist im Taxi gesprochen worden?«

»Van Fleet und O'Neil haben leise geredet. Ich saß vorne beim Fahrer und habe nicht zugehört.«

»Wer hat dem Fahrer gesagt, wo er anhalten sollte?«

»O'Neil.«

»War es die Stelle, wo der Wagen zum ersten Mal gehalten hatte, oder die Stelle vom zweiten Halt?«

»Das kann ich nicht sagen. Es war noch dunkel.«

»Gab es in diesem Moment keinen Streit?«

»Nein, Euer Ehren.«

»Es war nicht die Rede davon, das Taxi warten zu lassen?«

Davon war nicht die Rede gewesen. Sie wollten

das Mädchen aus der Wüste holen, ließen aber den Wagen nicht warten, um es zurückzubringen.

»Es wurde unterwegs kein anderer Wagen gekreuzt oder überholt?«

»Nein, Euer Ehren.«

»Was haben Sie getan, als das Taxi abgefahren war?«

»Wir sind in Richtung Nogales gegangen und nach ungefähr einer Meile umgekehrt.«

»Zusammen?«

»Auf dem Hinweg ja. Auf dem Rückweg ging ich am Straßenrand. Sergeant O'Neil und Pinky waren weiter voraus, in der Wüste.«

»Auf der Seite der Bahngleise?«

»Ja, Euer Ehren.«

»Wie lange hat dieses Hin und Zurück gedauert?«

»Etwa eine Stunde.«

»Und in der ganzen Stunde haben Sie niemanden gesehen? Keinen Zug gehört? Welche Farbe hatte der Wagen, mit dem Sie zurückgefahren sind?«

»Hellgelb.«

Der Attorney stand wieder auf, um die berühmte Frage zu stellen, der er eine unerklärliche Bedeutung beimaß:

»Haben Sie an der Karosserie Spuren eines Unfall bemerkt?«

»Nein, Euer Ehren. Ich bin rechts eingestiegen.«

»Und O'Neil?«

»Der auch. Er hat sich nach vorn gesetzt. Ich mich nach hinten. Pinky ist um den Wagen herumgegangen.«

»Die Flasche Whisky hatten Sie nicht mehr dabei?«

»Nein.«

»Und im Taxi?«

»Ich bin nicht sicher. Ich glaube nicht.«

»Als Harold Mitchell Ihnen am nächsten Tag berichtete, dass seine Schwester getötet worden war, haben Sie ihm erklärt, dass Sie wissen, was sich zugetragen habe, aber nur vor dem Sheriff aussagen wollen.«

Maigret sah, wie Mitchells Hand sich auf dem Knie zusammenkrampfte.

»Nein, Euer Ehren.«

»Sie haben nicht mit ihm gesprochen?«

»Ich habe zu ihm gesagt: ›Der Sheriff wird uns befragen, und ich werde ihm sagen, was ich weiß.‹«

Es war natürlich nicht ganz dasselbe, und Mitchell fuhr in seinem Ärger und Zorn neben Maigret nervös hoch.

Log der Chinese? Wer von den bisher vernommenen vier Jungs log?

»Unterbrechung! Die Verhandlung wird um halb zwei unten im Saal des Friedensgerichts fortgesetzt.«

73

Harry Cole war nicht da, wie er es angekündigt hatte. Maigret sah ihn etwas später vor dem County House aus seinem Wagen steigen. Er war so frisch und munter wie am vorherigen Tag, die gute Laune schien förmlich aus ihm herauszusprudeln.

Es war die fröhliche Laune eines Mannes, der keine Albträume hat, der mit sich selbst und mit anderen im Reinen ist.

So waren sie fast alle, und gerade das ging Maigret auf die Nerven.

Es kam ihm vor wie ein zu sauberes, zu gut gewaschenes und gebügeltes Kleidungsstück. Genauso sahen auch ihre Wohnungen aus, makellos wie Krankenhäuser, wo man sich weder in die eine noch in die andere Ecke setzen mochte.

Er hatte sie im Verdacht, dass sie die Angst jedes Menschen im Grunde kannten und sich nur aus Anstand diesen heiteren Anschein gaben.

Selbst die fünf Männer von der Luftwaffe waren ihm nicht besorgt genug.

Jeder blieb in sich verschlossen, aber keinem von ihnen war die Ängstlichkeit eines Menschen anzumerken, der zu Recht oder zu Unrecht eines Verbrechens verdächtigt wird.

Die Zuschauer erschauerten nicht. Niemand schien an das Mädchen zu denken, das auf dem Bahndamm getötet worden war. Es war vielmehr eine Art Spiel, und der Reporter des *Star* brauchte es bloß in sensationelle Schlagzeilen zu packen.

»Gut geschlafen, Julius?«

Wenn sie nur aufhörten, ihn so zu nennen! Das Schlimmste war, sie es taten nicht mal mit Absicht, es fehlte jede Ironie dabei.

»Haben Sie das Problem gelöst? Ist es ein Verbrechen, ein Selbstmord oder ein Unfall?«

Maigret betrat ganz selbstverständlich die Bar an der Straßenecke und erkannte dort einige der Leute, die er während der Verhandlung bemerkt hatte, unter anderen zwei der Geschworenen.

»*Have a drink!* Es gab in Frankreich einen ähnlichen Fall, nicht wahr? Da war es ein Richter, der auf einem Bahndamm tot aufgefunden wurde. Wie hieß er noch?«

»Prince«, brummte Maigret missmutig.

Dabei fiel ihm ein, dass auch im Fall Prince von einer Schnur um die Handgelenke die Rede gewesen war.

»Wie wurde der Fall gelöst?«

»Gar nicht.«

»Haben Sie eine Idee?«

Er sagte lieber nichts dazu, denn seine Meinung zu dem Fall hatte ihm genug Ärger und Angriffe von Teilen der Presse eingebracht.

»Haben Sie sich mit Mike unterhalten? Sie kennen ihn doch, nicht? Er ist der Chief Deputy Sheriff und befasst sich persönlich mit den wichtigsten Fällen. Soll ich Sie bekannt machen?«

»Noch nicht.«

»Gut, dann lassen Sie uns jetzt ein Steak mit Zwiebeln essen. Ich setze Sie rechtzeitig wieder beim County House ab.«

»Verfolgen Sie den Fall überhaupt nicht?«

»Er geht mich nichts an, wie ich schon sagte.«

»Und er interessiert Sie auch nicht?«

»Man kann sich nicht für alles interessieren, nicht wahr? Wenn ich die Arbeit von Mike O'Rourke mache, wer macht dann meine Arbeit? Ich kann vielleicht morgen oder übermorgen endlich Drogen im Wert von zwanzigtausend Dollar beschlagnahmen, die seit einer Woche hier in der Gegend sind.«

»Woher wissen Sie das?«

»Von unseren Informanten in Mexiko. Ich weiß sogar, wer sie verkauft hat, zu welchem Preis und an welchem Tag. Ich weiß, wann sie in Nogales über die Grenze gekommen sind, und ich glaube zu wissen, in welchem Lastwagen sie nach Tucson gebracht wurden. Aber weiter weiß ich nichts.«

Die Kellnerin der Cafeteria war eine frische und hübsche, ziemlich mollige Blondine von etwa zwanzig Jahren.

Cole rief ihr zu:

»Hello, Doll!«

Und zu Maigret sagte er:

»Sie studiert an der Universität. Sie hofft auf ein Stipendium, damit sie ihr Studium in Paris beenden kann.«

Weshalb hatte der Kommissar plötzlich das Bedürfnis, ordinär zu werden? Was für eine seltsame Stimmung überkam ihn in Gegenwart von Harry Cole?

»Und wenn man sie in den Hintern kneifen würde?«, fragte er, wobei er an die Kellnerinnen in den kleinen Bistros Frankreichs dachte.

Sein Kollege sah ihn überrascht und lange an, als überlegte er ernsthaft eine Antwort.

»Ich weiß nicht«, sagte er schließlich. »Vielleicht wollen Sie es versuchen? Doll!«

Erwartete er wirklich, dass Maigret die Hand ausstreckte, als sich das Mädchen zu ihnen herunterbeugte, die weiße Uniform prall gefüllt mit festem Fleisch?

»Sergeant Mullins!«

Noch ein Junggeselle. In dieser Geschichte gab es außer Ward keinen verheirateten Mann und Familienvater.

Bekam jetzt Dan Mullins die Rolle des hässlichen Schurken zugewiesen?

»Erzählen Sie uns, was sich am …«

Maigret mochte den kleinen Raum im Erdgeschoss lieber, auch wenn es hier heißer war. Es war intimer. Und Hesekiel, der sich hier zu Hause fühlte, wirkte viel pittoresker.

Er war der Hausmeister der Schule. Der Coroner war der Lehrer und der Attorney der Schulinspektor auf Inspektionsreise.

Ob sie sich nun entschließen würden, die wesentlichen Fragen zu stellen? Sergeant Ward hatte gestanden, dass er auf seinen Freund Mullins eifersüchtig war. In dessen Gesellschaft hatte er Bessy in der Küche des Musikers überrascht.

Doch darum ging es wieder einmal nicht. Fünf Männer und ein Mädchen hatten einen beträchtlichen Teil der Nacht zusammen verbracht. Alle bis auf den Chinesen waren durch Alkohol stark erregt. Von den fünf Männern waren vier unverheiratet, und Maigret wusste nun, dass sie wenig Gelegenheit hatten, ihr Verlangen zu befriedigen. Ward, der ein eifersüchtiger Typ zu sein schien, war offenbar in Bessy vernarrt.

Aber kein Wort davon. Immer wieder die gleichen Fragen. Der Coroner selbst schien ihnen wenig Bedeutung beizumessen, denn er sah woandershin, während er sie stellte, meistens zur Decke. Hörte er die Antworten überhaupt?

Nur Mike O'Rourke, der Maigret des Countys, machte sich Notizen und schien sich für den Fall zu interessieren. Die Schwarze hinter dem Kommissar stillte ihr Baby. Das Gefolge hatte sich um ein kleines Mädchen und eine dicke Frau, ebenfalls schwarz, vermehrt. Wenn die Vernehmung noch lange dauerte, würde bald die ganze Großfamilie den Gerichtssaal füllen.

»Waren Sie Bessy vorher schon einmal begegnet?«

»Einmal, Euer Ehren.«

»Allein?«

»Ich war mit Ward zusammen, als er sie im Drive-in kennenlernte. Ich habe mich verabschiedet, als sie gegen drei am Morgen mit dem Wagen fortgefahren sind.«

»Wussten Sie, dass Sergeant Ward vorhatte, sich scheiden zu lassen und sie zu heiraten?«

»Nein, Euer Ehren.«

Damit war dieser Punkt erledigt.

»Was hat sich zugetragen, als der Wagen etwas hinter dem Flugfeld angehalten hat?«

»Wir sind alle ausgestiegen. Ich bin auf meiner Seite ausgestiegen wegen des …«

Wegen des Latrinengangs, man wusste es nun allmählich. Das Bild verfolgte einen langsam: fünf Männer und eine Frau, rund um ein Auto verstreut, all die Flüssigkeit ablassend, die sie in der Nacht getrunken hatten.

»Haben Sie sich allein entfernt?«

»Ja.«

»Haben Sie Sergeant Ward gesehen?«

»Ich habe ihn mit Bessy in der Dunkelheit verschwinden sehen.«

»Sind sie zusammen zurückgekommen?«

»Ward ist zurückgekommen und hat sich ans Steuer gesetzt.

Dann hat er ungeduldig gesagt: ›Zum Teufel mit der Kleinen! Das wird ihr eine Lehre sein.‹«

»Pardon. Hat Ward das gesagt, als der Wagen zum ersten Mal hielt?«

»Ja, Euer Ehren. Vor Tucson hat er nicht noch einmal gehalten.«

»Hatte Bessy nicht Ward gebeten mitzukommen, weil sie ihn sprechen wollte?«

»Vorher, ja.«

»Wann vorher?«

»Als der Wagen gehalten hat. Sie hat erklärt, dass sie nicht weiterfahren will. Da ist Ward langsamer gefahren. Dann hat sie hinzugefügt: ›Ich muss dich sprechen. Komm!‹«

»Als der Wagen zum ersten Mal hielt?«

»Es gab keinen zweiten Halt.«

Die Stille dauerte ziemlich lang. Die Rücken der vier anderen Soldaten waren bewegungslos. Dann seufzte der Coroner:

»Und weiter?«

»Wir sind in die Stadt zurückgefahren und haben die drei anderen abgesetzt.«

»Warum sind Sie bei Ward geblieben?«

»Weil er mich darum gebeten hat.«

»Wann?«

»Das weiß ich nicht mehr.«

»Hat er Ihnen gesagt, dass er Bessy suchen wollte?«

»Nein, aber ich habe es so verstanden.«

»Haben Sie ihm Zigaretten gegeben?«

»Nein. Er hat mich unterwegs gebeten, die Packung aus seiner Tasche zu nehmen. Ich habe eine Zigarette herausgeholt und sie ihm angezündet.«

»War es eine Chesterfield?«

»Nein, Euer Ehren. Eine Camel. Drei oder vier waren noch in der Schachtel.«

»Haben Sie auch davon geraucht?«

»Ich glaube nicht. Ich kann mich nicht erinnern. Ich bin eingeschlafen.«

»Bevor der Wagen hielt?«

»Ich glaube ja, oder gleich danach. Als Ward mich weckte, hab ich einen Telegrafenmast gesehen und einen Kaktus neben dem Wagen.«

»Keiner von Ihnen beiden ist ausgestiegen?«

»Ich weiß nicht, ob Ward ausgestiegen ist. Ich habe geschlafen. Er hat mich in seine Wohnung mitgenommen und mir ein Kopfkissen zugeworfen, damit ich auf der Couch schlafen konnte.«

»Haben Sie seine Frau gesehen?«

»Nicht um die Zeit. Ich habe sie miteinander sprechen hören.«

»Sie sind also zurückgefahren, um Bessy zu suchen, aber nicht ausgestiegen?«

»Ja, Euer Ehren.«

»Sind Sie anderen Wagen begegnet? Haben Sie den Zug gehört?«

»Nein, Euer Ehren.«

Alle diese großen, starken Kerle waren zwischen achtzehn und dreiundzwanzig. Bessy, die siebzehn war, war schon verheiratet gewesen und geschieden, und jetzt war sie tot.

»Unterbrechung!«

Als Maigret an einem Büro mit Glastür vorbeiging, hörte er den Attorney telefonieren.

»Ja, Doktor. In wenigen Minuten. Ich danke Ihnen. Wir warten.«

Wahrscheinlich handelte es sich um den Arzt, der die Obduktion vorgenommen hatte und nun der nächste Zeuge sein sollte. Er musste sehr beschäftigt sein, denn die Unterbrechung dauerte über eine halbe Stunde, und der Coroner konnte inzwischen fünf bis sechs andere Verbrecher abfertigen.

In einer Ecke des Gangs hatten der Attorney und Mike eine lebhafte Diskussion, und sie riefen, um seine Meinung zu hören, den Offizier herbei, der die fünf Männer begleitete. Kurz darauf schlossen sie sich in dem Büro mit der Aufschrift *Privat* ein, und der Coroner gesellte sich zu ihnen.

4

Der Mann,
der die Uhren aufzog

Ein Onkel von Maigret, der Bruder seiner Mutter, hatte einen Tick. Befand er sich in einem Raum, in dem eine Uhr stand – irgendeine Uhr, groß oder klein, eine antike Standuhr mit Pendel und Glaskasten oder ein Wecker auf dem Kaminsims, konnte er der Unterhaltung so lange nicht folgen, bis er sich der Uhr genähert und sie aufgezogen hatte.

Er machte das überall, auch wenn er zu Besuch bei Leuten war, die er kaum kannte. Manchmal sogar in einem Geschäft, in dem er eigentlich einen Bleistift oder Nägel kaufen wollte.

Dabei war er keineswegs Uhrmacher, sondern Finanzbeamter.

Schlug Maigret nach seinem Onkel? Cole hatte ihm beim Hotelportier einen Umschlag hinterlegt. Darin steckten ein Zettel und ein flacher Schlüssel.

Lieber Julius!

Muss auf einen Sprung nach Mexiko, mit dem Flugzeug. Bin wahrscheinlich morgen früh zu-

rück. Sie finden meinen Wagen auf dem Hotel-
parkplatz. Anbei der Schlüssel. Wie immer Ihr …

Was hätte Cole von ihm gehalten, was hätte er von
der französischen Polizei gehalten, hätte er gewusst,
dass Maigret gar keinen Führerschein besaß?

Männer in seinem Alter flogen hierzulande mit
privaten Flugzeugen. Die Rancher, eigentlich einfach reiche Bauern, hatten alle ihr eigenes Flugzeug,
mit dem sie am Sonntag zum Angeln flogen. Außerdem benutzten viele einen Hubschrauber, um
Chemikalien auf ihre Äcker zu spritzen.

Er hatte keine Lust gehabt, allein im Speisesaal
des Hotels zu essen, und war zu Fuß fortgegangen.

Schon lange hatte er den Wunsch, einmal durch
die Straßen zu schlendern, hatte aber bisher keine
Gelegenheit dazu bekommen. Um zwei Blocks,
wie sie das nannten, also zwei Häuserzeilen weiter
zu fahren, schwangen sie sich in den Wagen.

Er kam an einem schönen Gebäude im Kolonial-
stil vorüber, dessen weiße Säulen sich auf einem
gepflegten Rasen erhoben. Am Abend zuvor hatte
er ein Schild im Neonlicht leuchten sehen: *Caroon.
Mortuary*. Es war das Bestattungsinstitut.

Die beste Bestattung zum besten Preis, annon-
cierte die Firma in der Zeitung.

Und jeden Abend sendete sie eine halbe Stunde
sanfte Musik im Radio. Das Institut balsamierte

die Leute ein. Maigret wurde mit kaum verhohlenem Ekel angesehen, als er einmal erklärte, dass man in Frankreich die Toten beerdigte, ohne sie vorher auszunehmen wie Fische oder Hühner.

Der kleine hagere, nervöse Arzt, der es eilig zu haben schien, hatte bei der Vernehmung durch den Coroner nicht viel ausgesagt. Er hatte von dem »zur Gänze skalpierten« Kopf gesprochen, von den beiden abgetrennten Armen, von den »einzelnen Fleischklumpen«, die man ihm gebracht hatte.

»Konnten Sie die Todesursache feststellen?«

»Es war zweifellos der Zusammenstoß mit der Lokomotive. Der Schädel ist abgerissen wie der Deckel einer Dose, und einige Meter entfernt wurden Teile des Gehirns gefunden.«

»Meinen Sie, dass Bessy noch lebte, als sie überfahren wurde?«

»Ja, Euer Ehren.«

»Könnte sie bewusstlos gewesen sein, entweder infolge von Schlägen oder aufgrund einer Vergiftung?«

»Das ist möglich.«

»Konnten Sie Spuren von Schlägen feststellen, die ihr vor dem Tod versetzt wurden?«

»Bei dem Zustand der Leiche lässt sich das nicht feststellen.«

Das war alles. Keine Andeutung über Untersuchungen intimerer Art.

Im Stadtzentrum war Maigret fast der einzige Mensch auf dem Gehsteig. Wie in beinahe allen amerikanischen Städten, in denen er sich aufgehalten hatte. Im Stadtzentrum wohnte niemand. Sobald die Büros und die Kaufhäuser schlossen, strömten die Leute zurück in die Wohnviertel. Die Straßen waren dann fast leer, die Schaufenster blieben jedoch die ganze Nacht erleuchtet.

Er kam an einem Drive-in vorüber und hatte Appetit auf einen Hotdog. Ein halbes Dutzend Wagen stand, fächerartig aufgestellt, vor dem Eingang. Zwei Mädchen bedienten die Insassen. Es gab im Innenraum des Drive-in auch eine Art Theke mit am Boden festgeschraubten Barhockern. Es erschien Maigret aber schäbig, das Lokal als Fußgänger zu betreten und sich einfach hinzusetzen.

Das Gefühl, schäbig zu sein, überkam ihn übrigens mehrmals am Tag. Die Leute hier hatten alles. In jeder beliebigen Kleinstadt waren die Autos so zahlreich und luxuriös wie auf den Champs-Élysées. Alle trugen neue Kleider und Schuhe. Schuster schienen unbekannt zu sein. Die Menschen wirkten gepflegt und wohlhabend.

Auch ihre Häuser waren neu und mit den jüngsten technischen Errungenschaften ausgestattet.

Sie hatten alles, das brachte es auf den Punkt.

Und trotzdem kamen fünf zwanzigjährige Kerle vor den Coroner, weil sie die ganze Nacht mit

einem Mädchen getrunken hatten, das anschlie-
ßend von einem Zug zerfetzt wurde.

Aber was ging ihn das an? Er war nicht hier, um
sich darum zu kümmern. Studienreisen dieser Art,
die man ihm nach so vielen Jahren angeboten hatte,
waren eher Vergnügungsreisen. Er brauchte sich nur
von Stadt zu Stadt spazieren zu fahren und gut be-
wirten zu lassen, Whisky und Cocktails zu trinken,
Deputy-Sheriff-Plaketten entgegenzunehmen und
den Geschichten zuzuhören, die man ihm erzählte.

Es war stärker als er. Er befand sich in dem gleichen unruhigen Zustand wie in Frankreich, wenn
er sich mit einem verzwickten Fall befasste, den er
um jeden Preis aufklären wollte.

Sie hatten alles, schön. Doch in der Zeitung wim-
melte es von Berichten über verschiedenste Verbrechen. Soeben hatte man in Phoenix eine Gangs-
terbande festgenommen, deren ältestes Mitglied
fünfzehn, das jüngste zwölf Jahre alt war. In Texas
hatte am vorangegangenen Tag ein achtzehnjähri-
ger Student die Schwester seiner Frau, er war schon
verheiratet, ermordet. Eine Dreizehnjährige, auch
bereits verheiratet, hatte Zwillinge bekommen,
während ihr Mann wegen Diebstahls im Gefängnis
saß.

Er ging, ohne nachzudenken, in Richtung Penguin Bar. Als Beifahrer im Auto hatte er gedacht,
es wären nur zwei Schritte bis dorthin. Jetzt wurde

ihm die Ausdehnung der Stadt bewusst, und er bedauerte, kein Taxi genommen zu haben, denn er war schweißgebadet.

Sie hatten alles. Weshalb hatten dann am Abend zuvor die Leute in der Penguin Bar so missmutig dreingeblickt?

Hatte Maigret das von seinem Onkel, der die Uhren aufzog, auch fremde Uhren, die ihm nicht gehörten? Zum ersten Mal dachte er in dieser Weise an seinen Onkel, und vielleicht entdeckte er den wahren Grund des Ticks des guten Mannes. Er hatte große Angst vor stillstehenden Uhren. Eine Uhr, die geht, könnte jeden Moment stehen bleiben. Die Leute sind nachlässig und vergessen, sie aufzuziehen.

Es war ein Instinkt: Er tat es für sie, an ihrer Stelle.

Auch Maigret fühlte sich nicht wohl, wenn seinem Gefühl nach etwas nicht rundlief. Dann versuchte er zu verstehen, steckte die Nase überall hinein, schnüffelte herum.

Was lief in diesem Land, wo sie alles hatten, nicht rund?

Die Männer waren groß, stark, gesund, gepflegt und meistens heiter, die Frauen fast ausnahmslos hübsch. Die Warenhäuser platzten aus allen Nähten, die Wohnungen waren die komfortabelsten der Welt. An jeder Straßenecke gab es ein Kino, nie sah man einen Bettler, Elend schien unbekannt.

Der Einbalsamierer finanzierte ein Musikprogramm im Rundfunk, die Friedhöfe waren wie herrliche Parkanlagen, man musste sie nicht einmauern und vergittern, als hätte man Angst vor den Toten.

Auch die Häuser waren von Rasenflächen umgeben. Männer in Hemdsärmeln oder mit nacktem Oberkörper sprengten zu dieser Stunde die Blumen und den Rasen. Die Grundstücke waren nicht durch Bretterzäune und Hecken voneinander getrennt.

Sie hatten alles, Himmeldonnerwetter! Sie machten geradezu eine Wissenschaft daraus, sich das Leben möglichst angenehm zu gestalten. Schon beim Aufwachen wurde einem im Radio ein fröhlicher Tag im Namen irgendeiner Porridge-Marke gewünscht und sogar zum Geburtstag gratuliert.

Also, weshalb?

Vermutlich wegen dieser Frage fesselten ihn die fünf wildfremden Männer, diese Bessy, die gestorben war und von der er nicht einmal wusste, wie sie aussah, und die anderen Personen, die in der Verhandlung der Reihe nach auftraten.

In vielen Dingen unterscheidet sich ein Land vom anderen. Andere Dinge sind überall gleich.

Vielleicht ist es das Elend, das jenseits der Grenzen ganz anders aussieht?

Das Elend der Pariser Armenviertel, der kleinen

Bistros an der Porte d'Italie oder in Saint-Ouen, das schmutzige Elend in La Zone, das verschämte Elend von Montmartre oder vom Père-Lachaise waren ihm vertraut. Auch das endgültige Elend an den Quais, an der Place Maubert oder bei der Heilsarmee.

Es war ein Elend, das man verstand, dessen Ursprung man aufspüren und dessen Entwicklung man verfolgen konnte.

Hier hingegen, vermutete er, gab es ein sauber gewaschenes Elend, ohne Lumpen, ein Elend mit Badezimmer. Es kam ihm härter, unerbittlicher, verzweifelter vor.

Endlich hatte er die Penguin Bar erreicht. Er stieß die Tür auf und setzte sich auf einen Barhocker. Der Barkeeper erkannte ihn, erinnerte sich an seine Bestellung in der vergangenen Nacht und fragte freundlich:

»Manhattan?«

Er sagte Ja. Es war ihm gleichgültig. Es war erst acht Uhr abends. Noch keine Nacht, aber schon zwanzig Männer tranken an der Theke, während in den Nischen einzelne Tische bereits besetzt waren.

Ein Mädchen in langer Hose und weißem Hemd bediente im Raum. Er hatte sie am Abend zuvor nicht bemerkt und folgte ihr mit den Augen. Ihre Hose war aus feinstem schwarzen Stoff und lag eng um Hüften und Schenkel. Das Mädchen sah aus, als sei es einer Wandreklame, einem Kalender oder einer Filmzeitung entsprungen.

Wenn sie gerade nichts zu tun hatte, warf sie fünf Cent in den Schlitz des Musikautomaten, wählte eine sentimentale Melodie, stützte sich mit einem Ellenbogen auf eine Ecke der Theke und träumte.

Es gab hier keine Terrassen, wo man einen Aperitif trinken, dabei im Schein der untergehenden Sonne die Passanten beobachten und den Duft der Kastanienbäume einatmen konnte.

Man trank, aber dazu musste man sich in eine enge Bar setzen, die den Blicken entzogen war, als befriedigte man ein beschämendes Bedürfnis.

Trank man deshalb vielleicht umso mehr?

Der Lokomotivführer war als Letzter verhört worden. Ein gut gekleideter Mann mittleren Alters, Maigret hatte ihn zunächst für einen Beamten gehalten.

»Als ich den Körper bemerkte, war es zu spät. Ich konnte den Zug nicht mehr anhalten, mit achtundsechzig beladenen Waggons.«

Obst und Gemüse aus Mexiko in Kühlwagen. Solche Fracht wurde täglich aus allen Ländern der Erde geliefert. Hunderte von Schiffen trafen täglich in den Häfen ein.

Sie hatten alles.

»War es schon hell?«, hatte der Attorney gefragt.

91

»Es dämmerte. Sie lag auf den Schienen.«

Man hatte ihm eine Tafel gebracht. Mit Kreide zeichnete er zwei Linien für die Schienen und darauf eine Art Puppe.

»Hier ist der Kopf.«

Der Kopf berührte weder die Schienen noch ein Körperteil.

»Sie lag auf dem Rücken, mit hochgezogenen Knien, so. Dies ist der eine Arm, dies der andere, der abgerissen wurde.«

Maigret betrachtete die Schultern der fünf Soldaten, vor allem die Schultern Wards, der Bessy vielleicht geliebt hatte. Hatte Ward oder einer seiner Kameraden in der Nacht mit ihr geschlafen?

»Der Körper wurde ungefähr dreißig Meter mitgeschleift.«

»Haben Sie erkannt, ob sie noch lebte, bevor sie erfasst wurde?«

»Das kann ich nicht sagen, Euer Ehren.«

»Meinen Sie, dass sie an den Handgelenken gefesselt war?«

»Nein. Wie Sie in der Zeichnung sehen, waren die Hände auf dem Bauch gefaltet.«

Und leiser und schnell setzte er hinzu:

»Ich habe die Einzelteile am Bahndamm aufgelesen.«

»Stimmt es, dass Sie auch eine Schnur gefunden haben?«

»Ja. Nur ein Stück, etwa fünf Zentimeter lang. Auf den Schienen liegt viel herum.«

»Lag die Schnur in der Nähe des Körpers?«

»Vielleicht einen Meter entfernt.«

»Haben Sie sonst noch etwas gefunden?«

»Ja, Euer Ehren.«

Er kramte aus seinen Taschen einen kleinen weißen Knopf hervor.

»Einen Hemdknopf. Ich habe ihn automatisch eingesteckt.«

Er reichte den Knopf dem Coroner, der ihn an den Attorney weitergab, und es war O'Rourke, der ihn den Geschworenen zeigte und dann auf den Tisch legte.

»Wie war Bessy gekleidet?«

»Sie trug ein beiges Kleid.«

»Mit weißen Knöpfen?«

»Nein, auch die Knöpfe waren beige.«

»Wie viele Männer waren im Zug?«

»Fünf insgesamt.«

Harold Mitchell, der Bruder, war wieder aufgestanden. Man erteilte ihm das Wort.

»Ich bitte das Gericht, auch die vier anderen anzuhören.«

Ihm zufolge hatte der Heizer gesehen oder jedenfalls behauptet, dass Bessys Handgelenke mit einer Schnur zusammengebunden waren.

»Unterbrechung!«

Es war jedoch etwas geschehen, das Maigret nicht richtig verstanden hatte. In einem gewissen Augenblick war der Attorney aufgestanden und hatte mit dem Coroner gesprochen, aber der Kommissar hatte von dem, was er sagte, nur ein paar Worte verstanden. Dann hatte der Coroner etwas heruntergeleiert.

Jetzt, da alle Anwesenden den Gerichtssaal verließen, folgten die fünf Soldaten nicht wie am Tag zuvor dem Offizier, um zu ihrer Basis zurückzukehren, sondern wurden von dem Deputy Sheriff mit dem gewaltigen Revolver bis zum Ende des Ganges geführt.

Maigret war so neugierig, dass er hinterherging. Da waren eine schwere Eisentür, ein Gitter und hinter diesem Gitter weitere Gitter, die der einzelnen Zellen des Gefängnisses.

In dem Säulengang war er an einen der Geschworenen herangetreten:

»Hat man sie verhaftet?«

Wegen seines Akzents verstand der Mann ihn nicht gleich.

»Weil sie eine Jugendliche zu Delikten angestiftet haben, ja.«

»Auch der Chinese?«

»Er hat eine der Flaschen bezahlt!«

Also saßen sie im Gefängnis, weil sie Bessy zum Trinken verleitet hatten. Bessy, die mit siebzehn

94

Jahren verheiratet und geschieden war und sich mehr oder weniger der Prostitution hingab.

Maigret wusste wohl, dass ein Mann auf Reisen immer ein bisschen lächerlich wirkt. Der Reisende möchte, dass alles so ist wie zu Hause.

Vielleicht hatten sie ihren Plan. Vielleicht war diese Vernehmung vor dem Coroner lediglich eine Formsache und die richtige Untersuchung hatte anderswo stattgefunden.

Den Beweis dafür erhielt er an demselben Abend. Als einer der Gäste die Bar ziemlich schweren Schrittes verließ, nachdem er laut allen einen Guten Abend gewünscht hatte, bemerkte Maigret O'Rourke, den der Trinker bis dahin verdeckt hatte.

Er saß in einer der abgetrennten Tischnischen vor einer Bierflasche. Die Kellnerin hatte sich zu ihm gesetzt. Sie schienen gut befreundet zu sein. Der Chief Deputy Sheriff sprach mit ihr, wobei er ihren Arm streichelte, und hatte ihr ein Glas spendiert.

Ob er Maigret vom Sehen kannte? Hatte Harry Cole ihm den französischen Gast unter den Zuschauern gezeigt?

Es freute den Kommissar, seinen amerikanischen Kollegen in der Bar zu sehen. Hielt er es selbst nicht auch so? Wahrscheinlich kam O'Rourke nicht zum ersten Mal in die Penguin Bar.

Er spielte nicht den Polizisten. Behäbig saß er in einer Ecke und rauchte. Nicht Pfeife, sondern

Zigaretten. Er tat sogar etwas Überraschendes. Irgendwann zündete er sich nämlich eine Zigarette an und reichte sie nach ein paar Zügen ganz selbstverständlich an die Frau weiter, die sie zwischen die Lippen nahm.

War sie in der Nacht, in der Bessy starb, hier gewesen? Wahrscheinlich. Sie war wohl jeden Abend hier.

Sie hatte die jungen Leute bedient.

O'Rourke machte Späße, und sie lachte. Sie hatte ein Paar bedient, das soeben hereingekommen war, und sich dann wieder zu ihm gesetzt.

Es sah aus, als machte er ihr den Hof. Er war rotblond, hatte einen Bürstenhaarschnitt und das Gesicht eines Sanguinikers.

Weshalb setzte sich Maigret nicht zu den beiden? Er brauchte sich doch nur vorzustellen.

Er überraschte sich selbst damit zu rufen:

»Einen Halben!«

Sofort verbesserte er sich:

»Ein Bier!«

Das Bier war stark, wie in England. Viele benutzten kein Glas, sondern tranken aus der Flasche. Neben Maigret stand ein Zigarettenautomat ähnlich den Schokoladenautomaten in der Pariser Metro.

Was lief hier nicht rund?

Als Harry Cole ihm von der Anwerbung der

Freiwilligen für die Armee erzählte, hatte er hinzugesetzt:

»Es gibt darunter viele auf Bewährung.«

Und da Maigret nicht begriff, hatte er erklärt:

»Wenn hier jemand zu zwei, fünf oder sogar mehr Jahren Gefängnis verurteilt wird, heißt das nicht, dass er die ganze Zeit hinter Gittern sitzen muss. Wenn er sich zufriedenstellend verhält, wird er nach einiger Zeit, manchmal schon nach Monaten auf Bewährung entlassen. Er ist frei, muss sich aber erst jeden Tag, dann jede Woche, schließlich jeden Monat bei einem Polizeibeamten melden und ihm alles berichten, was er tut.«

»Und werden sie oft rückfällig?«

»Ich habe keine Statistiken zur Hand. Das FBI beklagt sich, dass man die Leute zu leicht auf Bewährung entlässt. Es gibt Männer, die einen Diebstahl oder Mord begehen, kaum sind sie wieder auf freiem Fuß. Andere melden sich lieber als Freiwillige bei der Armee. Da sind sie der polizeilichen Aufsicht sowieso entzogen.«

»Trifft das auf Ward zu?«

»Ich glaube nicht. Aber Mullins ist, glaube ich, wegen kleiner Delikte mehrfach vorbestraft. Vor allem Körperverletzungen. Er stammt aus Michigan. Das sind hartgesottene Kerle.«

Eine weitere Sache, die Maigret verwirrend fand: Die Leute stammten meistens nicht von dort, wo sie lebten. Der Coroner in Tucson, zugleich Friedensrichter, kam aus Maryland, hatte aber in Kalifornien studiert. Der Lokomotivführer von vorhin stammte aus Tennessee, und der Barkeeper hier musste direkt aus Brooklyn gekommen sein.

Und in den Großstädten im Norden gab es die *Slums,* Armenviertel, wo die Häuser wie Baracken aussahen, die Männer hart und rau waren und schon die Straßenkinder Banden bildeten.

Im Süden hingegen hausten Menschen rings um die Städte in Holzhütten zwischen Abfällen.

Das erklärte es aber nicht alles, spürte Maigret. Da war noch etwas anderes. Er trank sein Bier und starrte von Weitem mit trotzigem Blick den Kollegen und die Kellnerin an.

Kurz fragte er sich, ob O'Rourke vielleicht hier war, um ihn zu überwachen. Unmöglich war das nicht. Harry Cole konnte – obwohl er den Anschein machte, als betrachtete er das Leben und die Menschen wie ein Spiel – durchaus erraten haben, dass Maigret heute Abend in die Penguin Bar kommen würde.

Vielleicht mochte man nicht, dass er seine Nase in den Fall steckte?

Es war nicht gut, dass er so viel trank. Aber was sollte er sonst tun? Er konnte hier nicht eine ganze Stunde vor einem Glas sitzen, wie auf einer Terrasse. Er konnte auch nicht ganz allein zu Fuß durch die endlosen Straßen irren. Er hatte keine Lust, in ein Kino zu gehen, und auch keine Lust, sich in sein Hotelzimmer zurückzuziehen.

Er machte es wie die anderen. Wenn sein Glas leer war, winkte er dem Barkeeper, der es füllte, und sagte sich, dass er am nächsten Morgen nur die blaue Flasche im Drugstore in Anspruch nehmen musste, um sein Gleichgewicht wiederzufinden.

Er hatte sich die Straße und Nummer des Hauses notiert, in dem Bessy mit Erna Bolton wohnte. Schließlich ließ er sich von dem Hocker heruntergleiten und schlenderte durch das Viertel, wobei er versuchte, die Namen oder vielmehr die Nummern der einzelnen Straßen zu entziffern.

Sobald man die Geschäftsstraße mit ihren erleuchteten Schaufenstern verließ, gelangte man in dunkle Straßen, wo die Häuser durch Rasenflächen voneinander getrennt waren.

Machten die Leute absichtlich weder Fensterläden noch Vorhänge zu?

Vor jedem Haus gab es eine Veranda, und fast überall saßen Familien in Schaukelstühlen. In den erleuchteten Zimmern sah man Ehepaare beim Essen, Frauen, die sich kämmten, Männer, die Zeitung lasen, und aus jedem Haus kam Radiogedudel.

Das Haus von Bessy und Erna Bolton stand an einer Straßenecke. Es war einstöckig und ganz hübsch, ja fast luxuriös. Hinter den Fenstern brannte Licht. Harold Mitchell und der Musiker saßen auf einer Couch und rauchten Zigaretten, während Erna im Morgenrock ihnen Eis brachte.

Maggie Wallach war nicht da. Vielleicht arbeitete sie im Drive-in, brachte den Autofahrern Hotdogs und Spaghetti.

Es war ganz geheimnislos. Alle schienen ein Leben auf dem Präsentierteller zu leben. Es gab keine beunruhigenden Gestalten, die an Häusern entlangschlichen, keine zugezogenen Vorhänge, hinter denen sich das Privatleben verschanzte. Nur diese Autos, die Gott weiß wohin fuhren, ohne je zu hupen, die bei Rot brav an den Kreuzungen hielten und bei Grün geradeaus weiterfuhren.

An diesem Abend aß er nichts. Als er ins Stadtzentrum zurückkam, war der Drugstore, wo er ein Sandwich hatte essen wollen, schon geschlossen. Alles war geschlossen, außer den drei Kinos und den Bars.

Darum ging er, wenn auch etwas verlegen, erst in die eine und dann in die andere dieser Bars. Er grüßte den Barkeeper vertraulich, so wie er es beobachtet hatte, und schwang sich auf einen Barhocker.

Überall die gleiche gedämpfte Musik. Über die ganze Theke verteilt schluckten vernickelte Apparate, angeschlossen an den Plattenspieler, Fünfcentstücke. Man konnte mit einem Zeiger das gewünschte Musikstück wählen.

War das vielleicht die Erklärung?

Er war allein. Er tat, was ein Mann, der allein war, tun konnte.

Als er ins Hotel zurückkehrte, fühlte er sich müde und bitter.

Er ging zum Aufzug, kehrte aber wieder um und ließ den Autoschlüssel in Coles Fach legen. Vielleicht würde der Kollege seinen Wagen am nächsten Tag schon in aller Frühe benötigen.

»Good night, Sir!«

Good night! Auf seinem Nachttisch lag eine Bibel. In vielen hunderttausend Hotelzimmern wartete die gleiche Bibel mit schwarzem Deckel auf den Reisenden.

Bar oder Bibel, könnte man sagen!

Die Verhandlung fand am nächsten Morgen wieder im ersten Stock statt, und bevor Hesekiel rief, ging man auf der Galerie in der schon heißen Morgensonne spazieren.

Jeder trug ein sauberes Hemd, und die Dusche hatte die Nebelschwaden der Nacht vertrieben.

So fing man jeden Morgen von Neuem mit dem Leben an, lächelnd.

Es war eine kleine Überraschung beim Betreten des Saals, die fünf Kerle nicht mehr in der Uniform der Air Force, sondern in blauen Leinenanzügen zu sehen, viel zu weiten Anzügen, die ein wenig an Pyjamas erinnerten und den Hals vollkommen frei ließen. Plötzlich sahen sie nicht mehr wie brave Jungen aus. Man konnte jetzt deutlicher unregelmäßige Gesichtszüge erkennen, gewisse Asymmetrien, die etwas beunruhigend wirkten.

Die Tafel war heraufgebracht worden, auf der immer noch das Strichmännchen auf den Schienen zu sehen war; sie wurde noch einmal benötigt.

»Elias Hansen von der Southern Pacific.«

Er gehörte nicht zu dem Zugpersonal, dessen Vernehmung Mitchell verlangt hatte. Ruhig, mit lauter und gleichmäßiger Stimme, erklärte er, worin seine Aufgabe bestand. Immer wenn im Zug ein Diebstahl, Unfall oder Mord stattgefunden hatte, führte er im Namen der Eisenbahngesellschaft die Untersuchung durch.

Er stammte sicherlich aus Skandinavien. Man spürte, dass er in seinem Element war. Offenbar an Coroner-Untersuchungen gewöhnt, wandte er sich unaufgefordert den Geschworenen zu. Seine Gesten waren die eines Lehrers, der ein kompliziertes Problem erklärt.

»Ich wohne in Nogales. Kurz vor sechs am Morgen wurde ich telefonisch alarmiert. Um sechs Uhr achtundzwanzig war ich mit meinem Wagen an Ort und Stelle.«

»Haben Sie andere Wagen in der Nähe der Unfallstätte gesehen?«

»Den Krankenwagen sowie vier bis fünf weitere Autos. Die einen waren von der Polizei, die anderen von Neugierigen. Ein Deputy Sheriff hinderte die Leute daran, den Bahndamm zu betreten.«

»Stand der Zug noch da?«

»Nein. Ich bin Sheriff Atwater begegnet. Er war vor mir da.«

Er zeigte auf einen Mann unter den Zuschauern. Maigret hatte ihn schon bemerkt, aber nicht für einen Kollegen gehalten.

»Was haben Sie getan?«

Der Mann stand auf, ging ungezwungen zur Tafel und nahm ein Stück Kreide.

»Darf ich die Tafel abwischen?«

Dann zeichnete er die Straße und den Bahndamm auf, dazu die vier Himmelsrichtungen sowie die Richtung nach Tucson und die nach Nogales.

»Zunächst hat mir Atwater an dieser Stelle Reifenspuren gezeigt. Sie deuteten darauf hin, dass jemand scharf gebremst hat, bevor er den Wagen an den Straßenrand rangierte. Wie Sie wissen, ist der Straßenrand sandig. Sehr deutliche Fußspuren führten vom Wagen fort. Wir sind ihnen nachgegangen.«

»Die Spuren von wie vielen Menschen?«

»Die eines Mannes und einer Frau.«

»Können Sie auf der Tafel ungefähr angeben, wie sie gegangen sind?«

Er tat es mit gestrichelten Linien.

»Der Mann und die Frau scheinen nebeneinander gegangen zu sein, aber nicht in gerader Richtung. Bevor sie den Bahndamm erreichten, haben sie mehrere Umwege gemacht und sind wenigstens zweimal stehen geblieben. Dann haben sie die Böschung an dieser Stelle überquert, ich zeichne sie mit einem Kreuz. Auf der anderen Seite verliert man nach einiger Entfernung die Spur. Der Boden ist dort hart und kiesig. Wir haben die Spur in umgekehrter Richtung wieder aufgenommen, und zwar in der Nähe der Stelle, wo die Frau vom Zug überfahren wurde. Die Böschung selbst besteht aus Schotter, da gab es keine Spuren. Aber einige Meter weiter konnten wir die Spuren der Frau wiederfinden.«

»Nicht die des Mannes?«

»Doch, die des Mannes auch, aber nicht ganz parallel. An dieser Stelle hat jemand Wasser gelassen, das war im Sand gut zu erkennen.«

»Lagen die Spuren stellenweise übereinander?«

»Ja. Hier und auch hier, an zwei Stellen, liegt eine Fußspur des Mannes auf einer Fußspur der Frau. So als wäre der Mann hinter seine Begleiterin getreten.«

»Konnten Sie Spuren des Mannes auch auf dem Rückweg erkennen, also in Richtung Straße?«

»Nicht genau und nicht kontinuierlich. Ab dem

Punkt sind die Spuren undeutlich und verwischt. Wahrscheinlich sind dort überall das Zugpersonal, die Krankenträger und die Polizei herumgegangen.«

»Haben Sie die Schnur, die der Lokomotivführer erwähnt hat?«

Mit einer lässigen Bewegung zog er sie aus der Tasche. Es war ein Stück beliebige Schnur. Er selbst fand sie offensichtlich bedeutungslos.

»Hier. Fünfzig Meter weiter habe ich noch ein Stück gefunden.«

»Irgendwelche Fragen, Attorney?«

»Wie viele Menschen waren dort, als Sie eintrafen?«

»Vielleicht zwölf.«

»Hatten andere Personen bereits mit der Untersuchung begonnen?«

»Deputy Sheriff Atwater und ich glaube auch Monsieur O'Rourke.«

»Haben Sie etwas entdeckt?«

»Ich fand eine Handtasche aus weißem Leder, vier bis fünf Meter vom Bahndamm entfernt.«

»Auf der Seite der Fußspuren?«

»Auf der entgegengesetzten Seite. Die Tasche war zum Teil in den weichen Boden eingedrückt. Vermutlich ist sie im Moment des Zusammenstoßes dort hingeschleudert worden. Wir kennen das. Es ist die Wirkung der Zentrifugalkraft.«

»Haben Sie die Handtasche geöffnet?«

»Ich habe sie Sheriff O'Rourke übergeben.«

»War Ihre Untersuchung damit beendet?«

»Nein, Euer Ehren. Ich habe die Straße in Richtung Tucson und in Richtung Nogales auf einer Strecke von je einer halben Meile untersucht. In einer Entfernung von ungefähr hundertfünfzig Metern in Richtung Nogales habe ich deutliche Reifenspuren entdeckt. Aus ihnen ging hervor, dass ein Wagen am rechten Straßenrand gehalten hatte. Es gab zahlreiche Fußspuren, und die Reifenspuren auf der Straße zeigten, dass der Wagen an dieser Stelle gewendet hatte.«

»Sind diese Reifenspuren identisch mit den Spuren des ersten Wagens, von dem Sie gesprochen haben?«

»Nein, Euer Ehren.«

»Wie können Sie das mit dieser Bestimmtheit sagen?«

Hansen nahm einen Zettel aus der Tasche und zählte die Marken der Reifen des gewendeten Wagens auf. Die vier abgenutzten Reifen waren nämlich alle von verschiedenen Firmen.

»Wissen Sie, zu welchem Wagen sie gehören?«

»Ich habe es später nachgeprüft. Die Reifen gehören zum Chevrolet von Ward.«

»Und die anderen? Die des Wagens, von dem die Schritte eines Mannes und einer Frau wegführen?«

»Ich glaube, der Sheriff wird den Wagen leicht ausfindig machen können. Es handelt sich nämlich um eine Reifenmarke, die nur auf Kredit verkauft wird, mit monatlichen Ratenzahlungen.«

»Haben Sie das Taxi untersucht, in dem Corporal van Fleet und Corporal Wo Lee sowie der Sergeant O'Neil dorthin gefahren sind?«

»Ja. Das Taxi passt nicht. Es hat Goodrich-Reifen.«

»Haben Sie Fragen, Geschworene?«

Unterbrechung. Maigret zündete schon seine Pfeife an, und Hesekiel, der das Gleiche tat, zwinkerte verständnisvoll zu ihm herüber. Der Deputy Sheriff mit dem mächtigen Revolver und dem patronenschweren Gürtel führte die fünf Männer in Sträflingskleidung bis zur Galerie, und sie gingen der Reihe nach auf die Toilette, wo sich auch der Kommissar befand, zur gleichen Zeit wie Ward und Mitchell.

Täuschte er sich? Waren Sergeant Ward und Bessys Bruder nicht auf einen Schlag verstummt, als er den Waschraum betrat?

5

Die Aussage
des Taxifahrers

In derselben Pause stand Maigret unten im Säulengang in der Nähe des großen Coca-Cola-Automaten allein mit Mitchell.

Maigret kam sich so linkisch und unbeholfen vor wie ein Mann aus der Provinz, der in Paris eine hübsche Frau auf der Straße anspricht. Er sah Mitchell zunächst aus dem Augenwinkel an, räusperte sich und setzte eine möglichst harmlose Miene auf.

»Sie haben nicht zufällig ein Bild von Ihrer Schwester bei sich?«

Da vollzog sich innerhalb weniger Sekunden etwas, das der Kommissar gut kannte. Mitchell hatte schon bisher keinen besonders verbindlichen Eindruck gemacht. Plötzlich sah er aus wie all die schweren Jungs und erinnerte an Pariser Ganoven oder Gangster aus amerikanischen Filmen. Es war eine animalische Abwehr, die solche Leute beibehalten hatten. Wie Raubtiere, plötzlich erstarrt, angespannt und auf der Hut, mit gesträubtem Fell.

Mit düsterem Blick starrte er auf den dicken Maigret, der sich Mühe gab, natürlich zu bleiben.

Um sein Gegenüber zu besänftigen, fügte er ein wenig lasch hinzu:

»Es gibt eine Menge Fragen, die die da drinnen anscheinend nicht stellen wollen.«

Der andere war noch misstrauisch. Er versuchte zu verstehen.

»Sieht so aus, als wollten sie einen Unfall daraus machen.«

»Genau das wollen sie.«

»Ich bin vom Fach. Ich gehöre zur französischen Polizei. Diese Geschichte interessiert mich rein privat. Ich hätte gern ein Bild von Ihrer Schwester gesehen.«

Die schweren Jungs sind überall gleich. Mit dem Unterschied, dass sie hier nicht höhnisch, sondern verbittert waren.

»Sie glauben also nicht wie diese Hundesöhne, dass meine Schwester sich absichtlich auf die Schienen gelegt hat, um vom Zug überfahren zu werden?«

Man spürte seinen ganzen Groll. Er stellte die Coca-Cola-Flasche auf den Boden und zog eine dicke, abgenutzte Brieftasche hervor:

»Hier, das ist sie, vor drei Jahren.«

Es war kein gutes Bild, auf dem Jahrmarkt vor einer bemalten Leinwand aufgenommen. Drei bleiche Personen, bestimmt nicht im Südwesten, denn sie trugen Winterkleidung. Bessy hatte einen billigen Pelzkragen am Mantel und eine komische kleine Mütze auf dem Kopf.

Sie sah aus wie fünfzehn. Aber so alt konnte sie damals noch nicht gewesen sein, wusste der Kommissar. Ihr kleines zerknittertes Gesicht zeigte eine ungesunde Lebensweise, war aber nicht ohne Reiz. Sie spielte eine erwachsene Frau, eine stolze Frau mit zwei Männern.

Sie mussten in Feierlaune gewesen sein an dem Abend. Die Welt lag ihnen zu Füßen. Mitchell, kaum erwachsen, der Hut tief in der Stirn, eine Zigarette zwischen den Lippen, herausfordernd verzogener Mund.

Der andere Mann war etwas älter, achtzehn oder neunzehn, ziemlich dick, ziemlich weich.

»Wer ist das?«

»Steve. Er hat sie ein paar Wochen später geheiratet.«

»Was machte er?«

»Damals hat er in einer Garage gearbeitet.«

»Wo ist das?«

»In Kansas.«

»Warum hat er sich von ihr scheiden lassen?«

»Erst ist er abgehauen, ohne Bescheid zu sagen und ohne zu sagen, warum. Am Anfang hat er etwas Geld geschickt, die Überweisungen kamen aus

Saint-Louis, dann aus Los Angeles. Eines Tages hat er dann geschrieben, sie sollten sich besser scheiden lassen. Er hat die nötigen Papiere gleich mitgeschickt.«

»Aus welchem Grund?«

»Ich nehme an, er wollte meine Schwester nicht in irgendwas mit reinziehen. Sechs Monate später wurden er und seine Bande gefasst. Sie haben Autos gestohlen. Er sitzt jetzt in San Quentin.«

»Waren Sie auch im Gefängnis?«

»Nur in der Besserungsanstalt.«

In Frankreich war es leichter. Da kannte Maigret seine Leute und konnte die Mauer zwischen ihnen und ihm schnell überwinden.

Aber hier, auf fremdem Boden, tastete er sich nur zögernd voran, immer in Sorge, sein Gegenüber nicht zu verscheuchen.

»Kommen Sie aus Kansas?«

»Ja.«

»Aus einer armen Familie?«

»Wir haben gehungert, ja. Fünf Geschwister, kaum ein Jahr Abstand zwischen uns. Mein Vater kam im Lastwagen um, da war ich fünf.«

»Er war Lastwagenfahrer? Hat die Versicherung denn nicht gezahlt?«

»Er hat auf eigene Rechnung gearbeitet. Er besaß einen alten Lastwagen und holte Gemüse vom Land, um es in der Stadt zu verkaufen. Er war jede

Nacht auf der Straße. Er hatte den Lastwagen noch nicht ganz abbezahlt und natürlich keine Versicherung.«

»Was hat Ihre Mutter getan?«

Er schwieg, zuckte mit den Schultern und sagte:

»Was sie halt tun konnte. Ich habe mit sechs Zeitungen verkauft und auf der Straße Schuhe geputzt.«

»Glauben Sie, dass Sergeant Ward Ihre Schwester getötet hat?«

»Bestimmt nicht.«

»Hat er sie geliebt?«

Erneutes Schulterzucken, kaum wahrnehmbar.

»Ward war's bestimmt nicht. Der hat viel zu viel Angst.«

»Wollte er sich wirklich scheiden lassen?«

»Jedenfalls hätte er sie nicht umgebracht.«

»Mullins?«

»Mullins und Ward waren den ganzen Abend zusammen.«

Er hatte das Foto wieder an sich genommen und eingesteckt. Er sah Maigret in die Augen und fragte:

»Angenommen, Sie finden heraus, wer meine Schwester getötet hat, was tun Sie dann?«

»Ich sage es dem FBI.«

»Das FBI geht das nichts an.«

»Ich würde mit dem Sheriff und dem Attorney darüber sprechen.«

»Besser, Sie würden mit mir darüber sprechen.«

Und immer noch mit abwesendem, etwas verächtlichem Blick entfernte er sich, denn oben hörte man Hesekiel rufen:

»Die Geschworenen!«

Wieder Getuschel zwischen Coroner und Attorney. Dieser sagte dann:

»Ich möchte, dass der Taxifahrer vernommen wird. Er wartet seit heute Morgen und vergeudet seine Zeit.«

Es war immer überraschend, in den Zuschauerreihen die Zeugen aufstehen zu sehen. Meistens entsprachen sie nicht dem Bild, das man sich von ihnen gemacht hatte. Der Fahrer zum Beispiel war klein und mager, trug die dicke Brille eines Intellektuellen und eine helle Hose mit weißem Hemd wie jeder andere.

Der Anfang der Vernehmung erbrachte, dass er erst seit einem Jahr Taxi fuhr. Vorher war er in einer Schule im Mittleren Westen Lehrer für Botanik gewesen.

»In der Nacht vom 27. zum 28. Juli wurden Sie am Busbahnhof von drei Soldaten der Luftwaffe angehalten.«

»Dass es Soldaten waren, habe ich erst aus der Zeitung erfahren. Sie waren nicht in Uniform.«

»Würden Sie die Männer wiedererkennen und uns zeigen können?«

Ohne zu zögern, zeigte er auf O'Neil, van Fleet und Wo Lee.

»Haben Sie darauf geachtet, was sie anhatten?«

»Dieser und der da trugen blaue Cowboyjeans und ein weißes oder jedenfalls helles Hemd. Der Chinese hatte ein violettes Hemd an. Auf die Farbe seiner Hose habe ich nicht geachtet.«

»Waren sie sehr betrunken?«

»Nicht mehr als alle, die man morgens um drei aufsammelt.«

»Wissen Sie genau, wie spät es war?«

»Wir sind verpflichtet, alle Fahrten und die Zeit zu notieren. Es war drei Uhr zweiundzwanzig.«

»Welches Ziel haben sie Ihnen genannt?«

»Sie sagten, ich soll in Richtung Nogales fahren, sie würden Bescheid sagen, wo ich halten soll.«

»Wie lange dauerte es bis zu der Stelle, wo Sie gehalten haben?«

»Neunzehn Minuten.«

»Haben Sie gehört, worüber die Fahrgäste sich unterhielten?«

»Ja.«

»Wer hat sich unterhalten?«

Er deutete auf van Fleet und Sergeant O'Neil.

»Worum ging es?«

»Sie fanden es nicht gut, dass ihr Kamerad dabei war. Er sollte lieber das Taxi behalten und zum Stützpunkt zurückfahren.«

»Haben sie gesagt, weshalb?«

»Nein.«

»Wer hat Sie aufgefordert anzuhalten?«

»O'Neil.«

»Sind sie gleich fortgegangen? War nicht die Rede davon, dass Sie mit dem Taxi warten sollten?«

»Nein. Sie haben noch eine Zeit lang hin und her geredet. Sie wollten ihren Kameraden dazu bewegen, mit mir zurückzufahren.«

»War es schon hell?«

»Noch nicht.«

»Was hat der Kamerad geantwortet?«

»Nichts. Er ist mit ausgestiegen.«

»Wer hat die Fahrt bezahlt?«

»Die beiden. O'Neil hatte nicht genug Geld. Der andere hat den Rest bezahlt.«

»Kam es Ihnen nicht merkwürdig vor, dass sich die drei mitten in die Wüste fahren ließen?«

»Doch, etwas.«

»Sind Sie auf der Hin- oder Rückfahrt einem anderen Wagen begegnet?«

»Nein.«

»Haben Sie Fragen, Attorney?«

»Danke. Ich möchte Corporal Wo Lee eine Frage stellen.«

Dieser setzte sich erneut auf den Zeugenstuhl, das Mikrofon wurde heruntergeschraubt.

»Haben Sie gehört, was der Fahrer gesagt hat?

Wissen Sie, warum Ihre Kameraden darauf bestanden, dass Sie zur Basis zurückkehren?«

»Nein.«

»Aus welchem Grund haben Sie das gestern nicht erwähnt?«

»Ich habe nicht daran gedacht.«

Auch er log. Er war der Einzige, der nicht getrunken hatte, der Einzige, dessen Aussage überzeugend klang. Und doch hatte er bewusst verheimlicht, dass man ihn hatte loswerden wollen.

»Gibt es noch weitere Einzelheiten, die Sie den Geschworenen nicht mitgeteilt haben?«

»Ich glaube nicht.«

»Gestern erklärten Sie, dass Sie sich trennten, als Sie zu dritt aufbrachen, um Bessy zu finden. Sie gingen parallel zueinander, aber in einiger Entfernung. Welche Stelle nahmen Sie selbst ein?«

»Die am Straßenrand.«

»Haben Sie einen Wagen vorbeifahren sehen?«

»Nein, Euer Ehren.«

»Wer ging am nächsten neben Ihnen?«

»Corporal van Fleet.«

»Sodass Sergeant O'Neil in etwa am Bahndamm entlangging?«

»Ich glaube, er ging auf der anderen Seite.«

»Danke.«

Der nächste Zeuge war ein Offizier von der Verkehrspolizei, groß und stark, prächtig in seiner

Uniform. Der Attorney hatte ihn vorgeladen und vernahm ihn auch.

»Sagen Sie uns, was Sie am 28. Juli zwischen drei und vier Uhr morgens getan haben.«

»Ich habe um drei Uhr meinen Dienst in Nogales angetreten und bin langsam in Richtung Tucson gefahren. Bevor ich das Dorf Tumacacori erreichte, begegnete ich einem Lastwagen mit der Nummer X-3233. Er gehört einer Firma in Nogales und fuhr leer von Kalifornien zurück.

Ich habe ein paar Minuten lang auf einem Seitenweg gestanden, um die Straße zu überwachen, wie es vorgeschrieben ist.«

»Wo waren Sie um vier Uhr morgens?«

»Da befand ich mich auf Höhe des Flugfeldes von Tucson.«

»Waren Sie anderen Wagen begegnet?«

»Nein. Wenn wir nachts Autos begegnen, merken wir uns die Nummern. Wir müssen sie mit den Nummern der gestohlenen Wagen vergleichen, die man uns durchgibt. Das machen wir ganz automatisch im Kopf.«

»Haben Sie Fußgänger am Straßenrand gesehen?«

»Nein. Wenn ich um diese Zeit jemanden gesehen hätte, hätte ich ihn gefragt, ob er Hilfe benötigt.«

»Haben Sie einen Zug gesehen oder gehört?«

»Nein, Euer Ehren.«

»Ich danke Ihnen.«

Also hatte der Chevrolet mit den beiden schlafenden Männern darin um jene Zeit nicht am Straßenrand gestanden, entgegen der Behauptung Wards.

»Corporal van Fleet, bitte.«

Der Attorney schien aufzuwachen und plötzlich die Leitung zu übernehmen, während O'Rourke sich weiter zu ihm hinüberbeugte und leise mit ihm sprach.

Vielleicht hatte sich Maigret geirrt? Vielleicht wollten sie die Untersuchung doch gründlich durchführen, nur in einer bestimmten Form.

»Sie bestehen darauf, dass sich Sergeant Ward und Bessy zusammen entfernt haben, als der Wagen zum ersten Mal hielt?«

»Ja.«

Pinky fühlte sich noch unwohler als am Tag zuvor. Doch bemühte er sich anscheinend, die Wahrheit zu sagen, wie er es geschworen hatte, und hielt an der Gewohnheit fest, nach jeder Frage gut nachzudenken.

»Was hat sich dann zugetragen?«

»Der Wagen hat gewendet, und Bessy hat erklärt, dass sie Ward unter vier Augen sprechen will.«

»Sodass Sie ein zweites Mal hielten. Sehen Sie sich die Tafel an. Ist es ungefähr die Stelle mit dem Kreuz, wo der Wagen zum zweiten Mal hielt?«

»Ungefähr. Ich glaube schon.«

»Weder Sie haben den Wagen verlassen noch Ihre Kameraden, abgesehen von Ward und Bessy?«

»Das ist richtig.«

»Und Ward kam allein zurück. Nach wie langer Zeit ungefähr?«

»Nach etwa zehn Minuten.«

»Und hat er gesagt: ›Zum Teufel mit der Kleinen. Das wird ihr eine Lehre sein.‹?«

»Ja, Euer Ehren.«

»Warum haben O'Neil und Sie versucht, Wo Lee loszuwerden?«

»Wir haben nicht versucht, ihn loszuwerden.«

»Ging es nicht darum, dass er mit dem Taxi in die Stadt zurückfahren sollte?«

»Er hatte nicht getrunken.«

»Das verstehe ich nicht. Drücken Sie sich klarer aus. Sie wollten, dass er zur Basis zurückkehrte, weil er nicht getrunken hatte?«

»Er trinkt nicht, raucht nicht, ist jung.«

»Fahren Sie fort!«

»Er sollte nicht in Schwierigkeiten geraten.«

»Was meinen Sie damit? Sahen Sie da schon voraus, dass Sie Schwierigkeiten haben würden?«

»Ich weiß es nicht.«

»Haben Sie Bessy gerufen, als Sie sie suchten?«

»Ich glaube nicht.«

»Warum nicht? Weil Sie dachten, sie könnte in ihrem Zustand sowieso nichts hören?«

Diesmal blieb der Flame unbeweglich sitzen, hochrot, ohne zu antworten, mit starrem Blick.

»Haben Sie Ihren Kameraden O'Neil die ganze Zeit gesehen?«

»Er ging am Bahndamm entlang.«

»Ich frage Sie, ob Sie ihn die ganze Zeit gesehen haben.«

»Nicht die ganze Zeit.«

»Haben Sie ihn längere Zeit aus den Augen verloren?«

»Mehrmals. Es hing vom Gelände ab.«

»Hätten Sie ihn hören können?«

»Wenn er geschrien hätte, ja.«

»Seine Schritte haben Sie aber nicht gehört? Sie wussten also nicht, ob er stehen blieb oder weiterging? Haben Sie sich den Schienen zeitweise genähert?«

»Ich glaube ja. Es ging wegen der Büsche und Kakteen nicht immer ganz geradeaus.«

»Ist Corporal Wo Lee auch näher an die Schienen herangekommen?«

»Ich habe ihn nicht gesehen.«

»Wer von Ihnen dreien hat beschlossen kehrtzumachen, als Sie in Richtung Nogales gingen?«

»O'Neil meinte, weiter ist Bessy bestimmt nicht gegangen. Wir haben zu Wo Lee gesagt, er soll am Straßenrand entlanggehen.«

»Und O'Neil und Sie haben sich dann getrennt?«

»Ja, etwas tiefer in der Wüste.«

»Als Sie noch mit O'Neil gemeinsam gingen, nach der Trennung von Wo Lee, haben Sie da über Bessy gesprochen?«

»Nein, wir haben gar nicht gesprochen.«

»Waren Sie noch betrunken?«

»Wahrscheinlich weniger.«

»Könnten Sie auf der Tafel die Stelle zeigen, wo der Wagen anhielt?«

»Ich weiß es nicht genau. Da ungefähr.«

»Danke. Sergeant O'Neil, bitte.«

Zwei-, dreimal hatte sich Maigret beobachtet gefühlt. Es war Mitchell, der wohl seine Reaktionen sehen wollte.

»Haben Sie an Ihrer gestrigen Aussage etwas zu ändern?«

»Nein, Euer Ehren.«

War auch dieser in arme Verhältnisse hineingeboren worden? Er machte nicht den Eindruck. Offenbar hatte er seine Kindheit auf irgendeinem Hof im Landesinneren verbracht, bei arbeitsamen und puritanischen Eltern. In seiner Schulklasse dürfte er der Beste gewesen sein.

»Aus welchem Grund haben Sie versucht, Wo Lee loszuwerden?«

»Ich habe nicht versucht, ihn loszuwerden. Ich dachte, er ist müde und sollte besser zur Basis zurückkehren. Er ist nicht sehr gesund.«

»Haben Sie ihn aufgefordert, an der Straße entlangzugehen?«

»Ich kann mich nicht daran erinnern.«

»Als Sie auf der Suche nach Bessy am Bahndamm entlanggingen, haben Sie da ihren Namen gerufen?«

»Ich kann mich nicht daran erinnern.«

»Sind Sie stehen geblieben, um Wasser zu lassen?«

»Ich glaube ja.«

»Auf dem Bahndamm?«

»Ich weiß es nicht mehr genau.«

»Danke. Herr Coroner, wir sollten vielleicht Erna Bolton und Maggie Wallach hören, damit sie wieder gehen können. Sie sind seit gestern Morgen hier.«

Mitchells Freundin war weder hübsch noch hässlich, mit eher kurzen Beine und einem dicklichen Gesicht. Sie hatte zu dem Anlass ein schwarzes Seidenkleid und Strümpfe angezogen und billigen Schmuck angelegt. Es war offensichtlich, dass sie einen guten Eindruck machen wollte und sich so gut wie möglich herausgeputzt hatte.

Nach ihrem Beruf gefragt, antwortete sie sehr leise:

»Ich bin augenblicklich nicht berufstätig.«

Sie gab sich Mühe, O'Rourke nicht anzusehen, der sie gut zu kennen schien. Vermutlich hatte er etwas mit ihr gehabt.

»Sie haben Ihre Wohnung mit Bessy Mitchell geteilt?«

»Ja, Euer Ehren.«

»Sergeant Ward hat Bessy mehrmals besucht. Waren Sie dabei?«

»Nicht jedes Mal.«

»Haben Sie Streit zwischen den beiden miterlebt?«

»Ja, Euer Ehren.«

»Was war der Grund?«

Jetzt, da der Attorney die Sache selbst in die Hand genommen hatte, spielte der Coroner mit seinem Schaukelstuhl oder heftete den Blick an die Decke, wobei er an seinem Bleistift kaute. Trotz der Klimaanlage war es sehr heiß. Hesekiel war aufgestanden und hatte die Jalousien heruntergelassen, die das einfallende Sonnenlicht in dünne Streifen schnitten. Maigret saß vor der Schwarzen mit Baby, die von ihrer ganzen Familie begleitet wurde, und nahm ihren würzigen Geruch wahr.

Die Augen Mitchells, die auf seine Freundin im Zeugenstuhl gerichtet waren, blieben so unbeweglich wie die eines Adlers.

»Ward warf Bessy vor, sich den Hof machen zu lassen.«

»Von wem?«

»Von allen.«

»Von Sergeant Mullins zum Beispiel?«

»Ich weiß es nicht. Er war nie bei uns in der Wohnung. Ich habe ihn zum ersten Mal am 27. Juli in der Penguin Bar gesehen.«

»Gab es nicht am Vierundzwanzigsten oder Fünfundzwanzigsten einen Streit, der heftiger war als andere?«

»Am Vierundzwanzigsten. Ich wollte ausgehen. Ich habe gehört …«

»Sagen Sie uns genau, was Sie gehört haben.«

»Der Sergeant hat gebrüllt: ›Eines Tages bringe ich dich um! Das wird für alle das Beste sein!‹«

»War er betrunken?«

»Er hatte getrunken, aber ich glaube nicht, dass er betrunken war.«

»Haben Sie selbst am Abend des 27. Juli mit Bessy gesprochen?«

»Ja. Irgendwann habe ich sie beiseitegenommen und gesagt: ›Vor dem solltest du dich in Acht nehmen.‹«

»Wen meinten Sie?«

»Mullins. Ich sagte noch: ›Bill ist wütend. Wenn du so weitermachst, prügeln sich die beiden.‹«

»Was hat sie geantwortet?«

»Gar nichts. Sie hat weitergemacht.«

»Womit weitergemacht?«

»Sie hat weiter mit Mullins gesprochen.«

Vielleicht war das Wort *gesprochen* etwas schwach?

»Wer schlug vor, die Party bei dem Musiker fortzusetzen?«

»Der Musiker selbst, Tony. Er hat gesagt, wir könnten zu ihm nach Hause gehen. Ich glaube, Bessy hatte ihn darum gebeten.«

»War sie betrunken?«

»Nicht sehr. Wie sonst.«

»Gibt es noch Fragen?«

Nun war Maggie Wallach an der Reihe. Sie sah aus wie eine dicke, mit Sägemehl gestopfte Puppe, hatte das runde Gesicht eines Babys und wässrige Augen. Ihre Haut war sehr weiß, und sie wirkte nicht gesund. War sie die Freundin des Musikers?

»Wo haben Sie Bessy Mitchell kennengelernt?«

»Wir haben in demselben Drive-in gearbeitet, Ecke Fifth Avenue.«

»Wie lange?«

»Etwa zwei Monate.«

Sie kam aus den Slums einer Großstadt. Als kleines Mädchen hatte sie bestimmt inmitten einer lauten, unerbittlichen Kinderschar mit bloßem Hintern auf der Türschwelle gesessen.

»Waren Sie dabei, als sie Sergeant Ward kennenlernte?«

»Ja, Euer Ehren. Es war kurz nach Mitternacht, er ist im Auto vorgefahren und hat Hotdogs bestellt.«

»Mit wem war er zusammen?«

»Ich glaube mit Sergeant Mullins. Sie haben sich lange unterhalten. Bessy ist dann zu mir gekommen und hat gefragt, ob ich mich später mit ihnen treffen wollte, und ich habe geantwortet, dass ich nicht frei bin. Als sie fortfuhren, wollte sie wissen, wie ich Sergeant Ward fand, und sie hat gesagt, dass er allein wiederkommen würde, um sie abzuholen.«

»Ist er wiedergekommen?«

»Ja, kurz vor Schluss. Sie sind zusammen fortgefahren.«

»Haben Sie in der Nacht des 27. Juli in der Wohnung des Musikers gesehen, dass Ward in die Küche lief und Bessy schlug?«

»Nein, Euer Ehren. Er hat sie nicht geschlagen. Ich stand hinter ihm, als er in die Küche kam. Bessy trank, und er hat ihr die Flasche aus der Hand gerissen. Er wollte sie auf den Boden schmeißen, aber dann hat er sie doch auf den Tisch gestellt.«

»War er wütend?«

»Er war unzufrieden. Er mochte nicht, wenn sie trank.«

»Aber er hatte sie selbst in die Penguin Bar geführt?«

»Ja, Euer Ehren.«

»Warum?«

»Wahrscheinlich konnte er nicht anders.«

»Hat sich Sergeant Ward in diesem Augenblick

mit Mullins gestritten? Ich spreche immer noch von der Szene in der Küche.«

»Verstehe. Er hat nichts zu ihm gesagt. Er hat ihn scharf angesehen, aber er hat nichts gesagt.«

Und der Nächste! Man wollte offenbar an diesem Tag fertig werden. Der Coroner geizte mit Unterbrechungen.

Der Musiker, Tony Lacour mit Namen, war schmächtig und unauffällig. Er sah aus, als wäre er den Tränen nah.

»Was wissen Sie von der Nacht des 27. Juli?«

»Ich habe den Abend mit den anderen in der Penguin Bar verbracht.«

»Haben Sie keine Beschäftigung?«

»Im Moment nicht. Mein Engagement im Club Puerto Rico hat vor zehn Tagen geendet.«

Gerade als Maigret sich überlegte, welches Instrument er wohl spielte, wurde diese Frage vom Attorney gestellt. Er hatte die gleiche Neugierde gehabt. Es war das Akkordeon. Maigret hätte darauf gewettet.

»Sind Sie mit hinausgegangen, als in der Penguin Bar ein Streit zwischen Ward und Mitchell ausbrach? Wissen Sie, warum es zum Streit kam?«

»Ich weiß, dass es um Geld ging.«

»Hat Mitchell nicht Ward vorgeworfen, eine Beziehung zu seiner Schwester zu haben, obgleich er verheiratet ist?«

»Nicht in meiner Gegenwart. Später, bei mir in der Wohnung, nach der Sache mit der Flasche, hat er zu ihm gesagt, dass Bessy leider eine Neigung zum Trinken hat und dass sie erst siebzehn ist. In den Bars würde sie sagen, dass sie dreiundzwanzig ist, weil sie sonst keinen Alkohol bekommt.«

»Sie haben dann den anderen vorgeschlagen, in Ihre Wohnung zu gehen?«

»Bessy hat offen gesagt, dass sie keine Lust hatte, nach Hause zu gehen. Sofort hatten die anderen die Idee, Flaschen mitzunehmen.«

»Haben Sie Sergeant Ward Zigaretten gegeben?«

»Ich glaube nicht.«

»Haben Sie gesehen, dass jemand anders ihm eine Schachtel in die Tasche gesteckt hatte?«

»Nein, Euer Ehren.«

»Wissen Sie, ob einer Marihuana rauchte?«

»Nein, Euer Ehren.«

»Wie spät war es, als sie aufbrachen?«

»Etwa halb drei.«

»Was taten Harold Mitchell und Erna Bolton?«

»Sie blieben da.«

»Bis zum Morgen?«

»Nein. Vielleicht noch eine Stunde oder anderthalb.«

»Ging das Gespräch auch um Sergeant Ward und Bessy?«

»Nur um Bessy. Harold hat erklärt, dass seine

Schwester sich das Trinken angewöhnt hat und dass es verheerend für sie ist, weil sie eine schlechte Lunge hat. Er hat gesagt, dass sie schon als Kind in einem Sanatorium war.«

»Sind Mitchell und Erna mit dem Wagen weggefahren?«

»Nein, Euer Ehren. Sie haben keinen Wagen. Sie sind zu Fuß gegangen.«

»Da muss es ungefähr vier Uhr morgens gewesen sein?«

»Mindestens. Es dämmerte schon.«

Unterbrechung! Maigret fand wieder den Blick des Bruders auf sich gerichtet, und dieser Blick berührte ihn doch ein wenig.

Die erste Reaktion Mitchells ihm gegenüber war eisiges Misstrauen gewesen. Vielleicht hatte er Maigrets Fragen mehr aus einer Art verächtlicher Herausforderung als aus einer Hoffnung beantwortet.

Während der ganzen Vernehmung hatte er ihn beobachtet und sagte sich jetzt möglicherweise: Wer weiß? Vielleicht ist er nicht wie die anderen. Er ist ein Ausländer. Er versucht zu verstehen.

Seine Haltung war sicher noch nicht freundschaftlich, aber immerhin stand zwischen ihnen keine unüberwindliche Mauer mehr.

»Sie hatten mir nicht gesagt, dass sie lungenkrank war«, murmelte Maigret, als sie hintereinander zum Ausgang gingen.

Harold zuckte nur mit den Schultern. Vielleicht war er auch lungenkrank? Aber nein, dann wäre er nicht in die Armee aufgenommen worden. Erna Bolton erwartete ihn im Säulengang. Sie hakte sich nicht bei ihm ein. Sie sprachen auch kein Wort miteinander. Sie folgte ihm nur, bescheiden und gehorsam, und ihr tief sitzendes Gesäß wackelte wie das Hinterteil einer Legehenne.

O'Rourke ging mit wachem Blick hinter dem Attorney in dessen Büro, während die fünf Männer in Sträflingskleidung darauf warteten, dass der Deputy Sheriff sie in ihre Zellen zurückbrachte.

Würde die Nachmittagssitzung oben oder unten stattfinden? Maigret hatte die letzten Worte des Coroners nicht verstanden. Die einzige weibliche Geschworene aß in der Nähe des Coca-Cola-Automaten ein Sandwich. Wahrscheinlich würde sie sich auf eine Bank in der Anlage setzen und stricken, bis die Sitzung wieder anfing.

»Unten«, antwortete sie auf seine Frage.

Harry Cole erwartete ihn am Steuer seines Wagens. Hinten saß jemand mit dem unvermeidlichen weißen Hemd. Der Mann rauchte eine Zigarette.

»Hallo! Julius! Noch nicht fertig? Setzen Sie sich zu mir! Wir essen einen Happen zusammen.«

Erst als die Wagentür geschlossen war, fügte er hinzu, als stellte er seinen Gefährten vor:

»Ernesto Esperanza! Er muss mit uns essen. Ich

130

habe niemanden, der ihn vor dem Abend nach Phoenix fahren kann, und den Sheriffs des Countys will ich ihn nicht anvertrauen. Hast du Hunger, Ernesto?«

»Ziemlichen Hunger, Chef!«

»Du solltest die Gelegenheit gut nutzen. Es ist voraussichtlich für zehn bis fünfzehn Jahre deine letzte Mahlzeit in einem Restaurant!«

Und an Maigret gewandt sagte er schlicht:

»War nicht ganz leicht, ihn zu fassen. Er hat versucht, mich mit einem Kaliber 42 abzuknallen. Machen Sie den Handschuhkasten auf, da finden Sie das Spielzeug.«

Tatsächlich lag da ein schwerer automatischer Revolver, der nach Pulver roch. Mechanisch nahm Maigret das Magazin heraus. Zwei Kugeln fehlten.

»Hätte mich beinah getroffen. Stimmt's, Ernesto?«

»Ja, Chef.«

»Hätte ich mich nicht rechtzeitig gebückt und ihm ein Bein gestellt, wär ich jetzt hinüber. Seit sechs Monaten versuche ich ihn zu fassen, und genauso lange versucht er, mich abzuschütteln. Wie geht's, Ernesto? Tun dir die Rippen noch weh?«

»Nicht mehr sehr, Chef.«

Für die Leute in der Cafeteria, wo sie Hammelrippchen und Apfelkuchen aßen, waren sie drei ganz normale Gäste. Erst am nächsten Morgen würde das Bild des Mexikaners in der Zeitung erscheinen, mit einer fetten Überschrift, die besagte, dass einer der größten Drogenhändler nun hinter Gittern saß.

»Was wird aus Ihren fünf kleinen Luftwaffensoldaten?«, fragte Harry Cole, wobei er sich den Mund mit einer Papierserviette abwischte. »Haben Sie den Bösewicht ausfindig gemacht, der die kleine Bessy auf die Schienen gelegt hat?«

Maigret verzog keine Miene. An diesem Morgen hatte er keine schlechte Laune.

6

Das Defilee
der Kollegen

Die Vertrautheit wuchs. Morgens, vor allem aber nach dem Mittagessen, das manche auf dem Hof oder in der nahe gelegenen Grünanlage zu sich nahmen, kam man gern wieder zusammen. Kurze Grüße wurden ausgetauscht. Es war bekannt, wer sich auf welchen Platz setzen würde, und selbst die fünf Soldaten betrachteten einen nicht mehr als Eindringling.

Die Vertrautheit war im unteren Raum noch fühlbarer, wo die Geschworenen auf einer für das Publikum bestimmten Bank neben den anderen Zuschauern Platz nahmen. Bei Bedarf wurden weitere Stühle aufgestellt.

Regelmäßig runzelte der Coroner die Stirn, wenn er den großen lärmenden Ventilator betrachtete. Maigret saß beim Eiswasserbehälter mit den Pappbechern, sodass jeder irgendwann einmal in seine Nähe kam. Seit er im Vorbeigehen das Baby der Schwarzen gestreichelt hatte, hielt diese ihm seinen Platz frei und lächelte ihn strahlend an.

Hesekiel wartete, bis die Sitzung begonnen hatte, um einem Neuling den Streich mit der Zigarette oder der Zigarre zu spielen. Er war nur scheinbar mürrisch, unter seiner rauen Schale steckte der Geist eines Spaßvogels.

Plötzlich richtete er sich auf, sein Schnurrbart zitterte, er streckte den Arm aus und rief ohne Rücksicht auf die Richter, die er unterbrach:

»He, Sie!«

Der ganze Saal lachte. Man drehte sich um, um zu sehen, wer erwischt worden war.

»Machen Sie Ihre Zigarette aus!«

Und zufrieden blickte er um sich. Sein größter Erfolg war es gewesen, als er den Attorney selbst ertappte, der nach einer Unterbrechung gedankenlos rauchend hereinkam.

»He, Attorney!«

Maigret konnte sich nicht vorstellen, dass man an diesem Tag fertig werden würde und dass in wenigen Stunden die Geschworenen, fünf Männer und eine Frau, in der Lage sein sollten zu entscheiden, ob Bessy durch einen Unfall den Tod gefunden hatte oder nicht.

Stimmten sie dafür, so würde die Untersuchung ein für alle Mal abgeschlossen sein. Waren sie aber der Meinung, dass der Tod durch verbrecherisches Handeln einer oder mehrerer Personen herbeigeführt wurde, so hätten Mike O'Rourke und seine

Leute Zeit genug, um den endgültigen Prozess vorzubereiten.

Es war komisch. Beim Mittagessen hatte Maigret eine Entdeckung gemacht, die ihn amüsierte und freute. Vor allem, weil sie eine kleine Rache an Harry Cole war.

Dieser war anders gewesen als sonst. Er hatte sich aufgeführt, als befinde er sich in Begleitung einer hübschen Frau. Der Kommissar hatte schnell begriffen, dass es wegen Ernesto war, dem Drogenhändler.

Im Grunde empfand Cole für Ernesto die Hochachtung, fast Bewunderung, die man hierzulande unwillkürlich jedem entgegenbrachte, der Erfolg hatte, ob Milliardär, Filmstar oder berühmter Mörder.

Der Mexikaner hatte auf einen Schlag Rauschgift im Wert von zwanzigtausend Dollar herübergeschmuggelt, aber vorher schon kleinere Mengen über die Grenze gebracht. Jenseits der Grenze besaß er im Gebirge, das nur mit dem Flugzeug zugänglich ist, seine eigenen Marihuana-Plantagen.

Man interessierte sich wohl deswegen weniger für die fünf Soldaten der Air Force, weil keiner von ihnen, selbst wenn er Bessy ermordet haben sollte, ein Verbrecher von Format war.

Hätte er mit der Maschinenpistole in der Faust Widerstand geleistet, hätte man die gesamte Polizei und alle Mittel mobilisieren müssen, um ihn kampfunfähig zu machen, hätte er zehn Banken überfallen oder mehrere reiche Rancherfamilien niedergemetzelt – dann hätten Zuschauer in rauen Mengen auf dem Gang und bis auf die Straße gestanden!

Erklärte das nicht manches? Man musste erfolgreich sein in dem, was man tat, egal was es war.

Weil Mitchell ein schwerer Junge war, wurde er in dem kleinen Kreis, in dem er sich bewegte, gewiss respektiert, während van Fleet mit seinem Chorknabengesicht und den gewellten Haaren gar nichts darstellte. Ein Beweis dafür war, dass man ihm den Spitznamen Pinky gegeben hatte. In Frankreich hätte man ihn den Roten oder den Lockigen genannt.

Nun nahm ein Deputy Sheriff auf dem Zeugenstuhl Platz, Phil Atwater. Er war als Erster an Ort und Stelle gewesen, und der Inspektor der Southern Pacific hatte ihm die Tür seines Wagens geöffnet.

Er trug seine Plakette nicht auf dem Hemd. Er war in mittlerem Alter, wirkte unscheinbar und hatte das verdrießliche Gesicht eines Menschen mit schlechter Verdauung, bei dem zu Hause immer jemand krank ist.

»Ich war im Büro des Sheriffs, als um kurz vor fünf Uhr morgens der Notruf einging. Ich nahm einen Wagen und war um fünf Uhr sieben an der Unfallstätte.«

Maigret stolperte über den Ausdruck; die Fortsetzung zeigte, dass er sich nicht irrte. Obgleich Polizist, gehörte Atwater zu den Leuten, denen das Alltägliche ein Gräuel war.

»Der Krankenwagen traf ungefähr zur gleichen Zeit ein wie ich. Am Straßenrand standen nur Leute aus dem Zug und ein Wagen, der wenige Minuten zuvor gehalten hatte. Einen der von mir mitgebrachten Männer ließ ich Wache stehen, damit mögliche Neugierige den Bahndamm nicht betreten konnten. Ich habe sofort die Spuren eines Wagens gesichert, der dort gestanden hatte. Ich habe einen Kreidestrich um die Spuren herumgezogen und im Sandboden die Stelle mit Holzstäben abgesteckt.«

Er war der Typ des gewissenhaften Beamten. Jeder fühlte sich herausgefordert, ihm einen Fehler nachzuweisen.

»Sie haben sich nicht um die Leiche gekümmert?«

»Pardon! Doch, das habe ich getan. Ich habe sogar mehrere Stücke Fleisch aufgelesen und ein Stück Arm mit der ganzen Hand daran.«

Das sagte er in so herablassendem Ton, als ginge es um banale Routinearbeit. Dann kramte er aus seiner Tasche ein Stück Papier:

»Hier sind ein paar Haare. Wir hatten keine Zeit,

sie analysieren zu lassen, aber auf den ersten Blick könnten es Bessys sein.«

»Wo haben Sie sie aufgelesen?«

»Ungefähr dort, wo der Aufprall stattfand. Der Körper wurde etwa fünfundzwanzig Meter mitgeschleift.«

»Konnten Sie auch Fußspuren sichern?«

»Ja, Euer Ehren. Ich habe sie mit Holzstäben abgesteckt, damit sie nicht verwischten.«

»Sagen Sie uns, was es für Fußspuren waren.«

»Es waren die Fußspuren einer Frau. Ich habe sie mit einem Schuh von Bessy verglichen; die Größe stimmt überein.«

»Waren daneben Fußspuren eines Mannes zu sehen?«

»Nein, Euer Ehren. Jedenfalls nicht zwischen Straße und Bahndamm.«

»Der Inspektor der Eisenbahngesellschaft, Monsieur Hansen, den Sie kurze Zeit später begleiteten, sagt, er hätte Fußspuren eines Mannes gesehen.«

»Vermutlich waren das meine.«

Widerspruch konnte er schlecht vertragen, und er schien den Vertreter der Southern Pacific nicht besonders zu mögen.

»Würden Sie uns auf der Tafel zeigen, wie die Spuren ungefähr verliefen?«

Er betrachtete die Zeichnung, die vorher gemacht worden war, nahm den Lappen und wischte alles weg. Dann zeichnete er die Schienen und die Straße neu auf, machte ein Kreuz an der Stelle, an der die Leiche entdeckt worden war, und ein anderes Kreuz dort, wo der Zug Bessy erfasst hatte.

Irrtümlich trug er Norden und Süden aber falsch ein. Seine Zickzackzeichnung stimmte nicht überein mit der von Hansen. Nach seiner Darstellung hatte Bessy viel weniger Umwege gemacht und war nur ein Mal stehen geblieben, um die Richtung zu ändern.

Was meinten die Geschworenen zu diesen Widersprüchen? Sie hörten und sahen aufmerksam zu, und es war zu spüren, dass sie verstehen und ihre Aufgabe gewissenhaft erfüllen wollten.

»Haben Sie sonst etwas entdeckt auf dieser Seite, ich meine nördlich von der Stelle, an der Bessy umkam? Haben Sie auch in südlicher Richtung nach Spuren gesucht, in Richtung Nogales also?«

Atwater betrachtete seine Skizze schweigend, und da Nord und Süd verkehrt eingezeichnet waren, brauchte er eine Weile, bis er die Frage verstand.

»Nein, Euer Ehren«, erklärte er schließlich. »Ich hielt es nicht für notwendig, auch in Richtung Nogales zu suchen.«

Man entließ ihn. Er musste im Büro zu tun haben, denn er verließ den Saal sofort, voller Würde und Selbstvertrauen.

»Gerald Conley.«

Es war ein anderer Deputy Sheriff, der mit den vielen Patronen im Gürtel und dem schönen Revolver mit geschnitztem Hornkolben. Er war kugelrund, sein Gesicht gerötet. Man konnte sich vorstellen, dass er eine bekannte Erscheinung in Tucson war und dass seine Popularität ihm nicht missfiel.

»Um wie viel Uhr sind Sie an der Stelle eingetroffen?«

»Ich war zu Hause und wurde erst um zehn nach fünf benachrichtigt. Ich traf um kurz nach halb sechs dort ein. Ich hatte nicht einmal eine Tasse Kaffee getrunken.«

»Wen haben Sie an der Stelle angetroffen?«

»Phil Atwater war da in Begleitung des Inspektors der Eisenbahngesellschaft. Ein anderer Deputy Sheriff hatte den Ordnungsdienst übernommen, denn mehrere Wagen hatten gehalten. Ich habe gesehen, dass die Fährte mit Holzstäben abgesteckt war, und bin ihr von einem Ende zum anderen nachgegangen.«

»Überlappten sich an manchen Stellen die Fußspuren der Frau und des Mannes?«

»Ja.«

»In welcher Entfernung von der Straße ungefähr?«

»Etwa fünfzehn Meter. Die Spuren zeigen an

dieser Stelle deutlich, dass zwei Menschen ziemlich lange stehen geblieben sind. Als hätte es einen Streit gegeben.«

»Gingen die Spuren dann auseinander?«

»Ich habe den Eindruck, dass die Frau dann ihren Weg allein fortgesetzt hat. Sie ging im Zickzack. Die Fußspuren des Mannes, die man dann findet, sind nicht die gleichen wie die ersten.«

Maigret konnte es kaum ertragen. Wieder wollte er am liebsten aufstehen, den Mund aufmachen, präzise Fragen stellen.

Dass die fünf Jungen von der Luftwaffe einander widersprachen, war ziemlich selbstverständlich. Sie waren wie Schüler, die sich in eine üble Lage gebracht hatten, und nun versuchte jeder für sich, heil aus der Sache herauszukommen.

Außerdem hatten sie abends um halb acht angefangen zu trinken und waren alle betrunken, außer dem Chinesen.

Aber die Polizei?

Es sah aus, als hätten die Deputy Sheriffs untereinander persönliche Rechnungen zu begleichen, doch O'Rourke irritierte das nicht. Er saß immer noch an der Seite des Attorneys, zu dem er sich von Zeit zu Zeit hinüberbeugte, um etwas zu kommentieren, und lächelte beseelt.

»Was haben Sie dann getan?«

»Ich bin in südlicher Richtung gegangen.«

Er freute sich fühlbar, dem Kollegen, der den Raum eben verlassen hatte, noch diesen Kinnhaken hinterherzuschicken.

»Jemand hatte sich neben den Schienen erleichtert.«

Maigret hätte gern gefragt:

Mann oder Frau?

Denn, so trivial es auch sein mochte, ein stehender Mann und eine hockende Frau hinterließen beim Urinieren schließlich nicht die gleichen Spuren, vor allem auf sandigem Boden.

Hier steckte des Pudels Kern, aber niemand schien es wahrzunehmen. Auch hatte niemand den Arzt gefragt, ob Bessy an dem Abend mit einem Mann geschlafen hatte. Niemand hatte die Wäsche der fünf Jungen untersucht, man beschränkte sich darauf, jeden zu fragen, was für eine Farbe sein Hemd hatte.

Die Spuren, die vom Wagen ausgingen, belasteten Ward am stärksten, wenn sich zumindest an einer Stelle die Spuren überlappten. Und wenn diese Spuren, wie in der Aussage des Mannes von der Southern Pacific, bis zum Bahndamm weiterführten.

Der Aussage Atwaters zufolge war es fast unmöglich, dass Ward der Schuldige war – vorausgesetzt, das Verbrechen war nicht bei der zweiten Autofahrt begangen worden.

Durch die Aussagen Conleys, des Sheriffs mit dem großen Revolver, änderte sich erneut alles. Ihm zufolge hätte Ward Bessy nur etwa fünfzehn Meter begleitet. Weshalb behauptete aber der Sergeant, er habe sie überhaupt nicht begleitet?

Conley fuhr fort:

»Es ist unmöglich, auf dem Bahndamm selbst Spuren festzustellen, weil dort Schotter liegt. Und auch in unmittelbarer Nähe nicht, denn da ist der Boden härter als in der Wüste. Aber wenn man Richtung Süden geht und dann nach rechts …«

»Also zur Straße?«

»Ja. Da habe ich weitere Spuren festgestellt.«

»Aus welcher Richtung kamen die?«

»Von der Straße her, von weiter südlich.«

»Diagonal?«

»Fast senkrecht.«

»Fußspuren eines Mannes?«

»Ja, Euer Ehren. Ich habe Stäbe gesteckt. Die Länge der Fußspuren deutet auf einen mittelgroßen Mann hin.«

»Wohin hat diese Fährte Sie geführt?«

»Etwa fünfzig Meter von der Stelle, wo der Wagen zum ersten Mal gehalten hat.«

Nun sprach nichts mehr dagegen, dass Ward die Wahrheit gesagt, dass Bessy sich in Begleitung von Mullins entfernt hatte und nicht zurückgekommen war.

Der Attorney musste zu dem gleichen Schluss gekommen sein, denn er fragte:

»Haben Sie auf dieser Seite keine Fußspuren einer Frau entdeckt?«

»Nein, Euer Ehren.«

Ein neuer Widerspruch.

»Die Spur geht verloren, wenn sie den Bahndamm erreicht?«

»Ja. Man wird auf dem Bahndamm weitergegangen sein, wo die Schritte, wie ich schon sagte, keine Spur hinterlassen.«

Unterbrechung.

Zweimal ging O'Rourke in der Galerie an Maigret vorbei, und beide Male sah er ihn mit einem merkwürdigen Lächeln an. Im Büro, das er in jeder Pause betrat, schien er etwas zu trinken, denn er roch hinterher nach Alkohol.

Hatte Cole ihm gesagt, wer dieser leidenschaftlich interessierte Zuschauer war? Machte es ihm Spaß, seinen Kollegen im Dunkeln tappen zu sehen?

Der Geschworene mit dem Holzbein bat den Kommissar um Feuer.

»Verwickelt, was?«, brummte Maigret.

Gebrauchte er ein unzutreffendes Wort, und der andere begriff nicht? Oder nahm der Mann es nur sehr genau mit der Vorschrift, nach der er vor der Verkündung des Urteils nicht über den Fall sprechen durfte? Jedenfalls lächelte er nur und stellte sich vor dem Rasen auf, der von rotierenden Wassersprengern erfrischt wurde.

Maigret bereute, dass er sich keine Notizen gemacht hatte. Ihn interessierten weniger die Widersprüche der Polizisten als die der fünf Männer, die sich bei jeder Sitzung fremder zu werden schienen.

»Hans Schmider!«

Man wusste nicht sofort, was ein Zeuge tat, und es war ein Spiel, seinen Beruf zu erraten. Dieser hier war dick, genauer gesagt: Er hatte einen sehr dicken Bauch, der das Hemd oberhalb des zu fest gezurrten Gürtels wie einen Beutel aufblähte. Die eng anliegende Hose reichte ihm nicht bis zum Nabel, sodass er kurze Beine und einen übermäßig langen Oberkörper zu haben schien.

Das halblange Haar stand nach allen Richtungen ab. Sein Hemd war schmuddelig. Er war auf den Armen und der Brust behaart.

»Sie gehören zum Büro des Sheriffs?«

»Ja, Euer Ehren.«

Seine laute Stimme, sein unbefangenes, geradezu vertrauliches Auftreten zeigten an, dass er an solche Sitzungen gewöhnt war.

»Um wie viel Uhr wurden Sie benachrichtigt?«

»Gegen sechs Uhr morgens. Ich schlief noch.«

»Sind Sie sofort zu der Stelle gefahren?«

»Ich bin erst noch im Büro gewesen, um mein Material zu holen.«

Er fühlte sich so behaglich, wie er da, bequem zurückgelehnt, den Bauch vorgestreckt, auf seinem Stuhl saß, dass er unwillkürlich die Zigaretten aus der Tasche holte. Hesekiel konnte gerade rechtzeitig aufspringen.

»Sagen Sie uns, was Sie gesehen haben.«

Schmider stand auf, ging, die Hände in den Hosentaschen, zur Tafel, musterte die Zeichnung kritisch und wischte sie weg. Er musste sich bücken, um das Stück Kreide aufzuheben, und seine Hose spannte sich derart, dass zu befürchten war, sie würde platzen.

Er zeichnete zuerst Norden, Süden, Osten, Westen ein, skizzierte die Eisenbahnlinie, die Straße, und strichelte dann eine Linie, die mit vielen Umwegen von dieser zu jener führte.

Endlich am Straßenrand zwei Vierecke.

»Hier, bei Punkt *A*, habe ich die Spuren des Wagens gesichert. Wir nennen ihn Wagen *A*.«

Er stieg vom Podest herunter, um ein Stück Gips aus einem ziemlich umfangreichen Paket auf dem Tisch zu nehmen.

»Hier sehen wir den Abdruck des linken Vorderreifens. Ein ziemlich abgefahrener Dunlop-Reifen.«

Unaufgefordert hielt er den Geschworenen das Gipsstück wie ein Stück Kuchen unter die Nase. Mit den drei anderen Abdrücken verfuhr er ebenso.

»Haben Sie diese Abdrücke mit den Reifen von Wards Wagen verglichen?«

»Ja, Euer Ehren. Sie stimmen überein, daran besteht kein Zweifel. Hier nun haben wir die Abdrücke von zwei Reifen des Wagens Nummer zwei. Die Reifen sind fast neu, auf Kredit gekauft. Alle Geschäfte, die solche Reifen verkaufen, wurden befragt, aber es gibt, glaube ich, noch kein Ergebnis.«

In der Mannschaft des Sheriffs war Schmider der Techniker, ein Labormensch, und er hatte die entsprechende Ruhe und Zuversicht. Er kam gar nicht auf die Idee, man könnte ihm widersprechen.

»Haben Sie auf der Straße weitere Spuren festgestellt?«

»Als ich eintraf, waren viele andere Wagen da, außer dem Krankenwagen und den Polizeiwagen. Ich habe nur von den Spuren Abdrücke gemacht, auf die ich hingewiesen wurde und die besonders deutlich waren.«

»Wer hat Sie darauf hingewiesen?«

Er drehte sich zum Tisch des Attorneys und zeigte auf O'Rourke.

»Haben Sie noch mehr Abdrücke gemacht?«

Er ging wieder an seine Pappschachtel, die unerschöpflich zu sein schien. Alle warteten ungeduldig, aber auch zuversichtlich. Man erwartete, dass die Wahrheit aus dieser Schachtel herauskommen würde.

Als Schmider den Abdruck einer Schuhsohle herumzeigte, sahen die fünf Soldaten alle gleichzeitig auf ihre Füße.

»Dieser Abdruck wurde etwa fünfzehn Meter von der Straße entfernt genommen. Es ist ein männlicher Fußabdruck. Ein ziemlich abgetragener Schuh mit Gummiabsatz. Und hier haben wir den Abdruck eines Frauenschuhs. Ich habe ihn dicht daneben gefunden. Er entspricht genau den Schuhen von Bessy Mitchell. Sie können sich selbst überzeugen.«

In der anderen Hand schwenkte er einen ganz normalen rötlich dunklen Schuh; es war ein sportlicher Mokassin mit flachem Absatz, der viel getragen worden war. Beide Beweisstücke führte er an den Augen der Geschworenen vorüber. Es hätte nicht viel gefehlt, und er hätte sie auch im Publikum herumgezeigt.

»Haben Sie zum Schuh des Mannes Nachforschungen angestellt?«

»Ja, Euer Ehren. Ich habe den Abdruck mit den Schuhen der Sheriffs verglichen, die dort waren.«

»Und es gibt keine Entsprechung?«

»Nein, Euer Ehren. Wie ich nachprüfen konnte, trug Sergeant Ward Cowboystiefel mit hohen Absätzen. Die Füße von van Fleet, O'Neil und Wo Lee sind kleiner.«

Alle warteten gespannt. Schmider war sich dessen bewusst und zog das Vergnügen in die Länge.

»Die Schuhgröße entspricht etwa der von Sergeant Mullins, aber die Schuhe, die er mir gezeigt hat, haben keine Gummiabsätze.«

Man hörte einen der Soldaten erleichtert aufseufzen, aber Maigret wusste nicht, welcher von den Fünfen es war.

Schmider, der seine Gipsabdrücke sorgfältig auf den Tisch gelegt hatte, tauchte mit der Hand wieder in seine Schachtel und zog eine Handtasche aus weißem Leder hervor.

»Dies ist die Handtasche, die wenige Schritte vom Bahndamm entfernt gefunden wurde. Sie war zum Teil in den Sandboden eingedrückt.«

»Hat jemand die Handtasche wiedererkannt?«

»Nein, Euer Ehren.«

»Sergeant Mitchell!«

Dieser trat vor. Man reichte ihm die Tasche. Er machte sie auf und nahm eine Art Beutel aus roter Seide heraus, der einige Münzen enthielt.

»Ist dies die Handtasche Ihrer Schwester?«

»Ich bin nicht ganz sicher, aber ich erkenne diesen Beutel wieder. Erna hat ihn ihr geschenkt.«

Diese rief von ihrem Platz aus:

»Ja, es ist ihre Handtasche. Wir haben sie zusammen gekauft, beim Ausverkauf vor einem Monat.«

Hier und da ertönte Gelächter. Je weiter die Untersuchung fortschritt, desto wohler fühlten sich die Leute. Sie beteiligten sich, als wären sie im Zirkus.

»Ein Taschentuch, zwei Schlüssel, ein Lippenstift, eine Puderdose.«

»Ist außer den Münzen kein Geld dabei?«

»Nein.«

Wieder mischte sich Erna ungefragt ein:

»Ich erinnere mich, dass sie ihre Brieftasche vergessen hatte.«

Keine Papiere. Kein Ausweis. Dabei fiel Maigret eine Frage wieder ein, die er sich schon früher gestellt hatte.

Man hatte auf den Schienen die ziemlich verstümmelte Leiche einer Frau gefunden. Einige Stunden später, noch bevor die Nachricht in der Zeitung stand, hatten die Leute des Sheriffs Mitchell mitgeteilt, dass seine Schwester tot war.

Wer hatte sie identifiziert? Und wie?

Er betrachtete O'Rourke mürrisch. Zum ersten Mal wohnte er als Privatmann einer Untersuchung bei, ohne die Karten einsehen zu können, und es schmerzte ihn, dass vieles ihm verborgen blieb.

Aber verhielt er sich in Paris nicht manchmal genauso? Wie oft hatte er selbst dem Untersuchungsrichter verheimlicht, was er von einem Fall wusste, um sich freier bewegen zu können und eine vorzeitige Einmischung zu vermeiden!

Würde O'Rourke seine Vorteile wenigstens ausnutzen?

War er wirklich daran interessiert, die Wahrheit

zu entdecken, und vor allem, sie bekannt zu geben?

Bisweilen zweifelte Maigret daran. Dann wieder dachte er, der Kollege, der sein Handwerk beherrschte, werde zu gegebener Zeit schon das Nötige tun.

Ein letztes Beweisstück befand sich noch in der Schachtel. Endlich holte Schmider es heraus. Wieder ein Gipsstück, der Abdruck einer Schuhsohle.

»Dieser Abdruck wurde südlich von der Stelle genommen, an der Bessy umgekommen ist.«

Mit anderen Worten, auf der Fährte, von der Gerald Conley als Einziger gesprochen hatte.

»Es handelt sich um Schuhgröße neun, also mittelgroß, fast klein. Corporal Wo Lee hat Schuhgröße acht. Sergeant O'Neil und Corporal van Fleet haben neun oder neun ein Viertel. Die Schuhe, die sie mir gezeigt haben, waren nicht so abgenutzt.«

Wieder einmal wäre Maigret beinahe aufgestanden und hätte um das Wort gebeten, weil er vergaß, dass er nicht zu Hause war.

Die Uhr über der offen stehenden Tür, vor der sich die Neugierigen drängten, zeigte halb fünf. An den beiden vorangegangenen Tagen war die Sitzung gegen fünf Uhr beendet worden.

Zweimal bereits waren dem Coroner Schriftstücke zur Unterschrift vorgelegt worden; er erledigte das, ohne die Vernehmung zu unterbrechen.

»Haben Sie Fragen, Geschworene?«

Diesmal fragte der Schwarze:

»Hat der Zeuge einen Abdruck von den Spuren des Taxis gemacht?«

»Sie sind mir nicht gezeigt worden.«

»Weiß er etwas von dem dritten Wagen, der die drei Soldaten zum Stützpunkt zurückfuhr?«

»Als ich an der Stelle eintraf, standen mehrere Wagen da, und während ich arbeitete, kamen weitere hinzu.«

Der Coroner sah nach der Uhr.

»Meine Herren, wir müssen nur noch den Chief Deputy Sheriff anhören, bevor Sie sich zur Beratung zurückziehen. Ich frage mich, ob es nicht besser ist, wenn wir jetzt damit abschließen.«

O'Rourke hob die Hand.

»Darf ich etwas dazu sagen? Meine Aussage wird nicht unbedingt lang dauern. Aber wenn wir bis morgen warten, findet sich möglicherweise ein neuer Zeuge ein. Es könnte interessant sein, ihn zu hören.«

Maigret atmete auf. Der Stoßseufzer war so laut, dass zwei seiner Nachbarn ihn ansahen.

Er hatte befürchtet, die Geschworenen würden mit derart verschiedenartigen und widersprüchlichen Informationen in die Beratung geschickt.

Vor allem, fand er, konnte man die Vernehmung unmöglich beenden, ohne sich gründlich mit dem dritten Wagen befasst zu haben, den der Schwarze soeben erwähnt hatte. Mit dem Wagen also, der die drei Soldaten in die Stadt zurückgefahren hatte und den man offenbar nicht ausfindig machen konnte.

War es der mit den auf Kredit gekauften Reifen? Weshalb hatte der Attorney mindestens zweimal die Zeugen nach dem Zustand der Karosserie gefragt und ob sie Spuren eines Unfalls bemerkt hätten?

Der Coroner blickte fragend zu den Geschworenen, und mit Ausnahme der Frau stimmten sie alle ausdrücklich nickend zu.

Auf diese Weise wären sie einen Tag länger etwas mehr als nur einfache Staatsbürger. Und wie zur Krönung ihrer Wünsche hockte sich ein Fotograf vor sie, und Blitzlicht flammte auf.

»Morgen um halb zehn in der Zweiten Kammer.«

Maigret musste auch fotografiert worden sein, denn er saß nur zwei Personen entfernt von dem ersten Geschworenen.

Seit ungefähr einer Stunde hatte er das Bedürfnis, mit Zettel und Bleistift zu arbeiten, was bei ihm selten vorkam. Er wollte Bilanz ziehen und hatte das Gefühl, die meisten Hypothesen innerhalb kurzer Zeit ausschließen zu können.

»Die anderen Männer aus dem Zug wurden nicht verhört«, sagte eine Stimme neben ihm.

Mitchell war schlechter Stimmung.

»Der Lokomotivführer stand links von der Lokomotive und konnte nur die linke Seite des Bahndamms sehen, wo die Beine meiner Schwester lagen. Der Heizer rechts sah nur den Oberkörper. Ich habe noch einmal gebeten, ihn vorzuladen.«

»Was war die Antwort?«

»Dass sie ihn vorladen, wenn sie es nötig finden.«

»Wie hat man Ihre Schwester erkannt?«

Diesmal sah Mitchell ihn verwundert an. Diese einfache Frage hatte Maigret wohl schlagartig einiges Ansehen gekostet, denn sein Gegenüber zuckte nur mit den Schultern. Sie wurden durch die Menge getrennt.

Der Kommissar hatte begriffen. War es nicht sonnenklar, dass ein Mädchen wie Bessy Mitchell schon mit der Polizei zu tun gehabt hatte? In der Stadt musste es ein paar Dutzend von ihrer Sorte geben, vielleicht weniger, und vermutlich behielt man sie im Auge.

Ihm fielen plötzlich die Männer in den Bars ein, die an der Theke saßen und den ganzen Abend mit düsterem Blick auf mehr oder weniger erotische Kalender starrten. Oder die Autos, im Dunkeln abgestellt, in denen vermutlich Paare saßen und vorübergehend den Atem anhielten.

Harry Cole hatte sich nicht mit ihm verabredet, aber Maigret war sicher, dass er ihn gleich im Hotel

abholen würde. Es war seine Art, ihn zu beeindrucken. Als wollte Cole sagen:

Sie können sich nach Belieben bewegen, aber wie
Sie sehen, ich weiß immer, wo ich Sie finde.

Aus purem Widerspruchsgeist betrat Maigret
eine Bar, anstatt ins Hotel zurückzukehren. Als
Erstes hörte er:

»Hello, Julius!«

Es war Cole, und neben ihm saß Mike O'Rourke
vor einem Glas Bier.

»Kennen Sie sich schon? Noch nicht? Kommissar
Maigret, in seinem Land ein berühmter Kriminalist.
Mike O'Rourke, der gewiefteste aller Deputy She-
riffs von Arizona.«

Warum schienen sich diese Leute immer über ihn
lustig zu machen?

»Ein Bier, Julius? Mike sagt, dass Sie die Verhandlung mit gespannter Aufmerksamkeit verfolgen und bestimmt Ihre eigene Version haben. Ich
habe ihn eingeladen, mit uns zu Abend zu essen.
Ich nehme an, Sie sind einverstanden.«

»Ich bin sehr erfreut.«

Das stimmte nicht. Am nächsten Tag wäre es ihm
lieber gewesen. Dann hätte er noch die Zeit gehabt,
selbst Bilanz zu ziehen. Jetzt aber kam er sich vor
wie ein Trottel, zumal die beiden so ausgelassener
Laune zu sein schienen, als hätten sie einen Hinter-
gedanken.

»Ich bin sicher«, sagte O'Rourke, wobei er sich die Lippen abwischte, »dass Kommissar Maigret unsere Untersuchungsmethoden recht primitiv und naiv findet.«

Maigret konterte: »Hatte die Kellnerin aus der Penguin Bar interessante Informationen für Sie?«

»Ein hübsches Mädchen, nicht wahr? Sie hat irisches Blut wie ich, und wissen Sie, die Iren verstehen sich immer gut.«

»War sie am Abend des Siebenundzwanzigsten in der Penguin Bar?«

»Sie hatte ihren freien Tag. Sie kennt Bessy, Erna Bolton und mehrere der Jungs sehr gut.«

»Auch Mullins?«

»Den nicht, glaube ich. Von ihm hat sie nicht gesprochen.«

»Von Wo Lee?«

»Auch nicht.«

Übrig blieben Corporal van Fleet und Sergeant O'Neil. Dieser war ebenfalls Ire, wie der Chief Deputy Sheriff.

»Wurde der dritte Wagen gefunden?«

»Noch nicht. Ich hoffe, wir haben ihn bis morgen früh.«

»Es gibt einige Dinge, die ich nicht begreife.«

»Es gäbe sicherlich noch viel mehr, was ich nicht begreifen würde, wenn ich in Paris eine Vernehmung mitverfolgen würde.«

»Bei uns findet die eigentliche Ermittlung nicht in der Öffentlichkeit statt.«

O'Rourke warf ihm einen amüsierten Blick zu.

»Hier auch nicht.«

»Ich dachte es mir. Trotzdem hat jeder Ihrer Leute zum Besten gegeben, was er wollte.«

»Das ist eine andere Geschichte. Bedenken Sie, dass alle unter Eid aussagen. In den Vereinigten Staaten ist die Aussage unter Eid etwas sehr Schwerwiegendes. Vielleicht ist Ihnen aufgefallen, dass alle nur auf die ihnen gestellten Fragen geantwortet haben.«

»Mir ist vor allem aufgefallen, dass manche Fragen ihnen nicht gestellt worden sind.«

Mike O'Rourke gab ihm einen Klaps auf die Schulter.

»Okay. Sie haben es kapiert. Wenn wir gegessen haben, können Sie mich fragen, was Sie möchten.«

»Und Sie werden antworten?«

»Wahrscheinlich. Solange ich nicht unter Eid stehe …«

7

Die Fragen
des Kommissars

Nicht Harry Cole, sondern O'Rourke schien der Gastgeber zu sein. Und er führte seine Gäste nicht in ein Restaurant, sondern nahm sie mit in einen privaten Club im Stadtzentrum.

Die Räume waren neu, sehr luftig, überraschend modern.

Die Bar war von allen, die Maigret je besucht hatte, am besten ausgestattet. Während sie einen Aperitif tranken, zählte er zweiundvierzig Whiskymarken, dazu sieben oder acht französische Cognacmarken, außerdem gab es hier echten Pernod, wie man ihn in Paris seit 1914 nicht mehr fand.

Der Bar gegenüber standen nebeneinander aufgereiht mehrere blitzblanke Spielautomaten, mit den ihm bekannten Serien von Pflaumen, Kirschen, Aprikosen. Bei genauerem Hinsehen erkannte der Kommissar, der mechanisch ein Fünfcentstück hatte hineinstecken wollen, dass der eine einen Silberdollar, der andere fünfzig Cent und der nächste fünfundzwanzig Cent als Einsatz forderte.

»Ich dachte, diese Apparate wären verboten«, bemerkte er. »Am Tag meiner Ankunft habe ich in
einer Tucsoner Zeitung gelesen, dass der Sheriff
eine Menge dieser Apparate beschlagnahmt hat.«

»An öffentlichen Orten, ja.«

»Und hier?«

»Hier befinden wir uns in einem privaten Club.«

Die Augen O'Rourkes lachten. Es schien ihm
Spaß zu machen, seinen Kollegen aus Übersee ein-
weihen zu können.

»Sehen Sie, es gibt viele private Clubs, und zwar
für alle sozialen Schichten. Dieser hier ist weder
besonders elegant noch exklusiv. Es gibt noch vier
oder fünf Klassen darüber und ziemlich viele darunter.«

Maigret bemerkte den großen Speisesaal, in dem
sie zu Abend essen würden. Langsam verstand er,
warum es hier so wenig Restaurants gab.

»Jeder ist Mitglied in einem Club, schon in der
kleinsten Stellung. Seinen sozialen Aufstieg er-
kennt man an den Clubs, in die er eintritt. Sie werden immer vornehmer.«

»Sodass auch jeder an dem Automaten spielen
kann?«

»So ungefähr.«

Und der Sheriff steckte mit einem verstoh-
lenen Seitenblick ein ganz neues Dollarstück in
den Spalt eines Automaten. Mit beiläufiger Geste

entnahm er ihm vier gleich große Geldstücke, die herausrollten.

»Unten gibt es ein Würfelspiel. Das entspricht ungefähr dem, was bei Ihnen Roulette ist. Es wird auch gepokert. Haben Sie in Frankreich keine Clubs?«

»Nur wenige, ausschließlich in gewissen sozialen Schichten.«

»Hier gibt es sogar den Club der Bahnarbeiter und den Club der Postbeamten.«

»Aber wozu dann die vielen Bars?«, fragte Maigret erstaunt.

Harry Cole trank seinen doppelten Whisky, als handelte es sich um einen Ritus.

»Zunächst einmal – eine Bar ist neutraler Boden. Man hat nicht immer Lust, Leute aus der eigenen sozialen Kategorie zu treffen.«

»Moment! Widersprechen Sie mir, wenn ich mich irre. Ist es nicht vielmehr so, dass man sich nicht immer auf die Weise verhalten möchte, wie es sich vor Leuten aus der gleichen sozialen Kategorie gehört? Ich nehme zum Beispiel an, dass es hier nicht gern gesehen wird, wenn sich ein Gast unter den Tisch trinkt.«

»Richtig. Das sollte er lieber in der Penguin Bar oder so tun.«

»Ich verstehe.«

»Dann gibt es auch die, die keiner Kategorie angehören, mit anderen Worten, keinem Club.«

»Die armen Kerle!«

»Nicht nur die, die kein Geld haben. Auch wer die Gepflogenheiten einer bestimmten sozialen Kategorie nicht erfüllt. Sehen Sie, in Tuscon, das an einer Hauptverkehrsstraße liegt, vereint ein Club die, die ursprünglich aus Mexiko stammen, aber seit mehreren Generationen in den Vereinigten Staaten leben. Hier hat man es nicht gern, wenn jemand Spanisch spricht! Und wer noch Spanisch spricht oder Englisch mit Akzent, der gehört in einen anderen Club, den für Neuankömmlinge. *Have a drink*, Kommissar.«

Das Ambiente und der Service waren wie in einem Luxusrestaurant in Paris. Und hier aß ein Sheriff fast täglich.

»Haben die Soldaten vom Stützpunkt auch einen Club?«

»Sogar mehrere.«

»Und müssen sie, wenn sie sich auf eine bestimmte Weise verhalten wollen, in eine Bar gehen?«

»Allerdings.«

»Unser Freund Julius fängt an zu begreifen«, sagte Cole, der mit Appetit aß.

»Vieles ist mir immer noch rätselhaft.«

Auf dem Tisch stand Wein, französischer Wein. O'Rourke hatte ihn aufmerksamerweise bestellt, ohne ein Wort zu verlieren. Dieser scheinbar so grobe Mann war nicht ohne Feingefühl, im Gegenteil, und je weiter der Abend vorrückte, umso sympathischer wurde er Maigret.

»Haben Sie etwas dagegen, wenn ich von der Untersuchung spreche?«

»Dazu bin ich hier.«

Das war doch abgesprochen! Vielleicht hatte O'Rourke Cole sogar gebeten, ihn dem Kollegen vorzustellen?

»Wenn ich es richtig verstehe, entspricht Ihre Stellung meiner in Paris. Der Sheriff, Ihr Vorgesetzter, ist in etwa gleichbedeutend mit dem Leiter der Kriminalpolizei.«

»Mit dem Unterschied, dass er gewählt wird.«

»Der Attorney stellt den Staatsanwalt dar. Und die Deputy Sheriffs, die Ihnen unterstehen, entsprechen meinen Inspektoren.«

»Ich glaube, so stimmt es ungefähr.«

»Ich habe bemerkt, dass Sie dem Attorney die meisten Fragen vorsagten. Sie haben vermutlich auch verhindert, dass den Zeugen andere Fragen gestellt wurden.«

»Richtig.«

»Hatten Sie diese Zeugen vorher verhört?«

»Die meisten, ja.«

»Und ihnen alle Fragen gestellt?«

»Ich habe mein Möglichstes getan.«

»Aus was für einer Familie kommt Corporal van Fleet?«

»Pinky? Seine Eltern sind reiche Farmer im Mittleren Westen.«

»Warum ist er als Freiwilliger in die Armee gegangen?«

»Sein Vater verlangte von ihm, dass er auf dem Hof mitarbeitete. Das hat er sehr ungern getan, und vor zwei Jahren ging er eines schönen Tages fort und zur Armee.«

»O'Neil?«

»Sein Vater ist Lehrer, die Mutter Lehrerin. Es sind sehr angesehene Leute. Sie wollten unbedingt einen Intellektuellen aus ihm machen und empfanden es als Schmach, wenn er nicht der Klassenbeste war. Auch er hatte es irgendwann satt. Während van Fleet vom Land in die Stadt zog, ging O'Neil von der Kleinstadt aufs Land. Fast ein ganzes Jahr hat er auf einer Baumwollplantage im Süden gearbeitet.«

»Mullins?«

»Der hatte schon sehr früh Probleme mit der Polizei und wurde in eine Besserungsanstalt gesteckt. Als seine Eltern starben, war er zehn oder zwölf. Die Tante, die sich um ihn gekümmert hat, ist eine autoritäre, unerträgliche Person.«

»War der Bericht des Arztes vollständig?«

»Was meinen Sie damit?«

»Fünf Männer haben einen Großteil der Nacht zusammen mit einer Frau getrunken. Diese Frau wurde tot auf dem Bahndamm gefunden. Während der Untersuchung war aber niemals die Rede davon, was sich zwischen der Frau und einem oder mehreren Männern möglicherweise zugetragen hat.«

»Davon ist nie die Rede.«

»Auch nicht in Ihrem Büro?«

»Dort ist es anders. Ich kann Ihnen versichern, die Autopsie war so umfassend, wie man es nur wünschen kann.«

»Das Ergebnis?«

»Ja.«

»Wer?«

Es war ungefähr so, als hätte Maigret den Fall bisher nur auf einer bemalten Leinwand, wie es sie als Hintergrund beim Fotografen gab, gesehen. Dieses Bild zeigte man dem Publikum, das offenbar damit zufrieden war.

Aber jetzt traten die wirklichen Menschen mit ihren wirklichen Taten und Worten allmählich an die Stelle des künstlichen Bildes.

»Es ist nicht in der Wüste passiert.«

»Bei dem Musiker?«

Der Besuch beim Musiker hatte Maigret von Anfang an beschäftigt.

»Der Arzt hat entdeckt, dass Bessy während der Nacht mit einem Mann verkehrt hatte, seiner Ansicht nach hat es allerdings eine ganze Weile vor ihrem Tod stattgefunden. Sie wissen, dass man in einem solchen Fall durch ein Testverfahren, ähnlich wie ein Bluttest, herausfinden kann, mit welchem Mann eine Frau verkehrt hat. Mit Ward habe ich zuerst darüber gesprochen, und er ist knallrot geworden. Nicht aus Angst, sondern aus Eifersucht und Wut. Erst ist er aufgesprungen und hat gebrüllt: ›Ich habe es geahnt!‹«

»Mullins?«

»Ja, er hat es sofort zugegeben.«

»In der Küche?«

»Es war geplant. Er hatte Erna Bolton anvertraut, wie sehr Bessy ihm gefiel. Aus irgendeinem Grund mag Erna Sergeant Ward nicht besonders. Sie versprach Mullins: ›Vielleicht gleich beim Musiker.‹

Sie hat zugegeben, dass sie in der Nähe der Küche Wache gestanden hat. Sie hat das Paar auch gewarnt, als sich Ward näherte. Und Bessy hat dann, um etwas zu tun, geistesgegenwärtig eine Whiskyflasche gegriffen und daraus getrunken.«

Maigret verstand nun besser, warum die Zeugen vor jeder Antwort lange überlegten und jedes Wort auf die Goldwaage legten.

»Sind diese Einzelheiten nicht interessant für die Geschworenen?«

»Es kommt schließlich auf das Ergebnis an, nicht wahr?«

»Und Sie kommen auf dasselbe Ergebnis?«

»Dafür werde ich schon sorgen.«

»Haben Sie aus Schamgefühl alle Fragen zum Sexuellen vermieden?«

Indem er diese Frage stellte, erinnerte sich Maigret an die Automaten in dem Club und glaubte zu begreifen.

»Ich nehme an, Sie wollen keine schlechten Beispiele geben.«

»So ungefähr. Sie machen es in Frankreich gerade umgekehrt, wenn es stimmt, was man mir erzählt hat. Die Zeitungen über die Eskapaden von Ministern und wichtigen Persönlichkeiten. Wenn dann der kleine Mann von der Straße das Pech hat, es ihnen nachzumachen, sperren sie ihn ein. Haben Sie noch weitere Fragen, Kommissar?«

»Mit etwas mehr Zeit hätte ich meine Fragen schriftlich vorbereitet. Sagt Erna, dass Bessy in Mullins verliebt war?«

»Nein. Sie glaubt wie ich, dass Bessy wirklich in Sergeant Ward verliebt war.«

»Aber sie interessierte sich für Mullins?«

»Wenn sie getrunken hatte, interessierte sie sich für alle Männer.«

»Kam das oft vor bei ihr?«

»Mehrmals in der Woche. Mit Ward war es eine Romanze. Wenn er sie nicht besuchte, schrieb er ihr jeden Tag und telefonierte mit ihr, manchmal eine halbe Stunde lang.«

»Hoffte sie, ihn zu heiraten?«

»Ja.«

»Und er?«

»Schwer zu sagen. Ich bin sicher, dass er mir ehrlich geantwortet hat. Im Grunde ist er ein guter Kerl. Er hat sehr jung geheiratet, Hals über Kopf, wie viele das hier tun. Sie begegnen einem Mädchen, denken, sie wären verliebt, weil die Kleine ihnen gefällt, und holen sich die Heiratserlaubnis.«

»Mir fiel auf, dass seine Frau nicht vorgeladen wurde.«

»Wozu auch? Sie ist nicht gesund. Sie hat schon Mühe, ihre beiden Kinder zu erziehen. Sie erwartet ein drittes. Eben das hielt Ward zurück. Er hätte Bessy gern geheiratet, aber er hatte Angst, seiner Frau Kummer zu bereiten.«

Maigret hatte sich nicht geirrt, als er diese großen Kerle mit Schülern verglichen hatte. Sie spielten die schweren Jungs. Sie kamen sich vor wie schwere Jungs. Aber einer von der Bastille oder der Place Pigalle hätte sie verächtlich als Chorknaben bezeichnet.

»Wer hat die Leiche identifiziert, waren Sie das, *Chief*?«

»Das hatten meine Leute schon getan. Bessy war fünf- oder sechsmal bei mir im Büro.«

»Weil sie sich prostituierte?«

»Sie verwenden immer zu genaue Worte, deshalb

167

ist es so schwer, Ihnen eine Antwort zu geben. Zum Beispiel, als Bessy im Drive-in arbeitete, verdiente sie etwa dreißig Dollar die Woche. Aber schon die Wohnung, die sie mit Erna teilte, kostete sechzig Dollar im Monat.«

»Sie hat sich also etwas dazuverdient?«

»Aber nicht unbedingt in Form von Geld. Sie wurde mal zum Essen eingeladen oder auf ein Getränk. Ein Cocktail kostet fünfzig Cent. Ein Whisky auch!«

»Gibt es viele wie sie in der Stadt?«

»Auf verschiedenen Niveaus. Es gibt solche, denen man in einem Drive-in Spaghetti spendiert, und andere lädt man zu einem Abendessen mit Brathuhn in einem Restaurant ein.«

»Erna Bolton?«

»Mitchell hält sie streng unter Aufsicht. Es würde sie teuer zu stehen kommen, wenn sie ihn betrügt. Ich bin überzeugt, dass er sie einmal heiraten wird. Es sind vielleicht keine Heiligen, aber schlecht sind sie nicht.«

»Wusste Sergeant Mitchell, dass seine Schwester und Mullins in der Küche miteinander geschlafen hatten?«

»Erna hat ihn beiseitegenommen, um es ihm zu sagen.«

»Wie hat er darauf reagiert?«

O'Rourke lachte.

»Ich war nicht dabei, Kommissar. Ich weiß nur, was er mir freiwillig gesagt hat. Wissen Sie, dass er der Vormund seiner Schwester war und diese Aufgabe sehr ernst nahm?«

»Indem er sie mit allen Männern schlafen ließ, die ihr gefielen?«

»Was hätte er tun sollen? Er konnte nicht rund um die Uhr bei ihr sein. Sie musste ihren Unterhalt verdienen, und sie hatte nicht genug gelernt, um in einem Büro zu arbeiten. Er hat versucht, ihr eine Stellung als Verkäuferin in einem Warenhaus zu verschaffen. Aber nach einem Tag wurde sie entlassen, weil sie mit den Kunden schwatzte und sich verrechnete.

Für Mitchell war Ward eine Notlösung. Vielleicht hätte er sie ja noch geheiratet.

Mullins passte eigentlich besser, weil er Junggeselle ist.«

Jetzt war es an Maigret zu lachen. O'Rourkes Enthüllungen ließen ihn all diese Menschen mit anderen Augen sehen.

Man hatte Cognac gebracht. Der Chief Deputy Sheriff war stolz darauf, dass er seinem Gast einen alten Jahrgang anbieten konnte. O'Rourke hatte gehört, dass man den Cognac vor dem Trinken dekantieren muss, und hielt das Glas andächtig in seiner großen Hand.

»Auf Ihr Wohl.«

Was Maigret überraschte, war nicht die Nachsicht von Männern wie diesem Kollegen oder Harry Cole, der seinen Gefangenen zum Mittagessen in ein gutes Restaurant mitnahm.

Diese Nachsicht war ihm vom Quai des Orfèvres geläufig. In Paris gab es gewisse schwere Jungs, die Maigret gut kannte und denen er ab und zu begegnete. Manchmal sagte er zu einem von ihnen:

»Du bist mal wieder zu weit gegangen, Junge, ich muss dich festnehmen. Es wird dir ganz guttun, mal ein paar Monate in einer Zelle nachzudenken.«

Was ihn aber überraschte, war das Verhalten der Geschworenen und des Publikums. Als die Zeugen etwa ihre Trinkerei in der Nacht schilderten und wie viele Runden es gewesen waren, zuckte niemand mit der Wimper.

Diese Leute schienen zu begreifen, dass es auf der Welt die verschiedensten Typen geben musste und dass in jeder Gesellschaft zwangsläufig ein gewisser Prozentsatz ganz unten war.

Ganz oben standen die großen Gangster. Sie waren fast unabkömmlich, denn durch sie konnte man sich verschaffen, was das Gesetz verbot.

Die Gangster brauchten Mörder, um ihre Rechnungen untereinander zu begleichen.

Nicht jeder konnte dem Club einer bestimmten sozialen Kategorie angehören. Nicht jeder konnte aufsteigen.

Es gab auch Absteiger. Und welche, die ganz unten geboren wurden. Die Kraftlosen, die Schlechtgelaunten und die, die zu Ganoven wurden, um zu prahlen und sich für irgendetwas geeignet zu fühlen. Und das alles schienen diese Leute, die beliebig aus der Menge herausgegriffen waren, zu begreifen.

»Hat van Fleet eine Geliebte?«

»Sie meinen, ob er regelmäßig mit einer Frau schläft?«

»Wenn Sie so wollen.«

»Nein. Es ist komplizierter, als Sie denken. Abgesehen von einer Bessy oder einer Erna Bolton bringt jede Frau es eigentlich fertig, geheiratet zu werden. Bessy hat es fast geschafft. Erna wird es noch gelingen.«

»Sodass er nur gelegentlich damit rechnen konnte?«

»Bei seltenen Gelegenheiten, ja.«

»Und O'Neil?«

»Auch O'Neil. Übrigens, Ted O'Neil ist der Schüchternste von allen, obwohl er anders wirkt. Er fühlt sich fehl am Platz, nicht auf der Höhe. Er wurde sehr streng erzogen. Ich frage mich, ob er nicht manchmal Sehnsucht hat nach dem Elternhaus und der angepassten Umgebung, von der er ausgeschlossen wurde.«

»Schreiben ihm seine Eltern nicht?«

»Sie wollen nichts mehr von ihm wissen.«

»Und Wo Lee?«

»Wenn Sie mal in einer Stadt gewohnt hätten, in der ein paar Hundert Chinesen leben, dann wüssten Sie, dass man gar nicht erst versuchen sollte, sie zu verstehen. Ich glaube, Wo Lee ist ein braver Junge und hat Ehrgeiz. Er ist stolz auf seine Uniform. Im nächsten Krieg wird er tapfer in den Tod gehen.«

Harry Cole, der sich kaum einmischte, sah beide mit einem undefinierbaren Lächeln an.

»Ich kenne die Chinesen ein bisschen«, sagte er dann.

»Was halten Sie von ihnen?«

»Nichts!«, entgegnete er ironisch.

Die meisten Gäste waren mit dem Abendessen fertig. An der Bar waren noch immer Leute, man hörte Stimmen, Gelächter und Gläserklirren. In einem Nebenraum wurden Karten gespielt.

»Noch eine Frage?«

»Ja. Ich weiß nicht recht, wie ich es ausdrücken soll. Ich komme immer wieder darauf zurück. Es waren fünf Männer und eine Frau, und sie hatten getrunken. Mullins, sagten Sie, hat der Versuchung nicht widerstanden. Er hat bekommen, was er wollte. Bleiben neben Ward drei andere. Glauben Sie, dass sich ein Sanguiniker wie van Fleet oder ein kräftiger junger Mann wie O'Neil nicht auch für Bessy interessierten?«

»Durchaus möglich.«

»Kann es sein, dass sie mit ihnen das gleiche Spiel getrieben hat wie mit Mullins?«

»Höchstwahrscheinlich. Sie hat sie wohl angestachelt, wenn Sie das meinen.«

»Haben die Chinesen, wie die Schwarzen, eine gewisse Vorliebe für weiße Frauen?«

»Antworten Sie, Harry!«

»Ich glaube nicht, dass sie nach ihrem Geschmack sind. Eigentlich bevorzugen sie ihre eigenen Leute. Aber bei ihnen ist es eine Frage des Stolzes.«

»Also«, setzte Maigret erneut an, der immer wieder auf seine Gedanken zurückkam, »es waren fünf Männer und eine Frau im Wagen. Hinten in der Dunkelheit saßen O'Neil, Bessy und Wo Lee dicht aneinandergepresst, wenn ich nicht irre. Warten Sie! Ich habe falsch herum angefangen. Sie sagten, Ward war eifersüchtig. Er kannte Bessys Temperament und wusste, wie sie sich verhielt, wenn sie getrunken hatte. Und doch hat er den Abend mit seinen Kameraden arrangiert.«

»Begreifen Sie nicht?«

»Doch, ich glaube schon. Aber ich wüsste gern, ob meine Überlegung auch auf die Amerikaner zutrifft.«

»Ward war ziemlich stolz darauf, dass er, ein verheirateter Mann, eine, wie Sie sagen, Geliebte hatte. Können Sie sich vorstellen, welche Überlegenheit es gegenüber seinen Kameraden bedeutete?«

»Und das Risiko ging er ein?«

»Er dachte weniger an das Risiko als daran, die anderen zu beeindrucken. Bedenken Sie, dass er ab einem bestimmten Moment unruhig wurde und versucht hat, Bessy am Trinken zu hindern.«

»Er scheint aber nur auf Mullins eifersüchtig gewesen zu sein.«

»So unrecht hatte er nicht. In seinen Augen war Mullins der hübsche Kerl, der den Frauen gefällt. Die beiden anderen, die einen Kopf kleiner sind, kümmerten ihn weniger. Am wenigsten der Chinese, der fast noch ein Kind ist.«

»Sie denken, es war eine Art Vorführung?«

»Ich habe gehört, in Paris und anderswo führen seriöse Persönlichkeiten in der Oper oder sonst wo voller Stolz ihre Frau oder Geliebte mit großem Dekolleté vor.«

»Glauben Sie, im Wagen ist etwas passiert, was Bessy dazu veranlasste, nicht nach Nogales fahren zu wollen?«

»Es gab zunächst folgende Erklärung, ich weiß nicht, ob sie richtig ist: Seit Ward in die Küche hereingeplatzt war, war er nervös und gereizt. Im Auto zwang er Bessy, den Platz zu wechseln und hinten zu sitzen, um sie von Mullins zu trennen. Gleichzeitig hat er sie auf diese Weise aber auch von sich selbst getrennt. Eine Art Schmollen. Ihre Antwort darauf kann ebenfalls ein Schmollen gewesen sein.«

»Und wenn sie vor irgendetwas Angst hatte?«

»Vor einem Annäherungsversuch von O'Neil oder dem Chinesen in einem Wagen, in dem sie zu sechst saßen? Vergessen Sie nicht, Kommissar, dass diese Leute, außer Wo Lee, ziemlich betrunken waren.«

»Stimmen ihre Aussagen deshalb nicht überein?«

»Ja. Und auch aus dem Grund, zugegeben, dass jeder sich mehr oder weniger unter Verdacht fühlt. Außerdem spielen freundschaftliche Beziehungen eine Rolle. O'Neil und van Fleet sind fast unzertrennlich. Sie werden bemerkt haben, dass ihre Aussagen nahezu identisch sind. Hingegen versucht Wo Lee es sich mit keinem zu verderben. Er möchte auf keinen Fall die Rolle des Petzers übernehmen.«

»Warum hat Ward erklärt, Bessy sei nicht wieder eingestiegen, nachdem der Wagen zum ersten Mal gehalten hatte?«

»Weil er Angst hat. Bedenken Sie, diese Geschichte bringt ihn in allergrößte Schwierigkeiten. Er hat eine Frau und Kinder. Seine Frau wird sich wahrscheinlich scheiden lassen.«

»Er sagt, dass sich Bessy mit Sergeant Mullins entfernt hat.«

»Was beweist uns das Gegenteil?«

»Auch Ihre Deputy Sheriffs widersprechen sich.«

»Unter Eid sagt jeder aus, was er für wahr hält.«

»Der Inspektor der Southern Pacific scheint mir sein Handwerk zu verstehen.«

»Er ist ein tüchtiger Mann.«

»Conley?«

»Ein braver Kerl.«

»Atwater?«

»Ein Trottel mit feierlichem Gehabe.«

So urteilte er über seine Leute, ohne mit der Wimper zu zucken.

»Und Schmider?«

»Ein hervorragender Experte.«

»Meinen Sie wirklich, Sie finden den Wagen, der die drei Männer zurückgebracht hat?«

»Ich würde mich wundern, wenn er nicht morgen früh vor meinem Büro steht. Heute Nachmittag haben wir nämlich erfahren, in welcher Garage die vier Reifen gekauft wurden.«

»Wird die Untersuchung aus diesem Grund erst morgen fortgesetzt?«

»Ja, Und auch, weil die Geschworenen frischer sein werden.«

»Denken Sie, die Geschworenen haben etwas begriffen?«

»Sie waren sehr aufmerksam. Gegenwärtig schwimmen sie vermutlich ein wenig. Es wird genügen, ihnen morgen eindeutige Beweise vorzulegen, wenn es welche gibt.«

»Und wenn es keine gibt?«

»Dann werden sie nach ihrem Gewissen urteilen.«

»Führt dieses System nicht dazu, dass viele Schuldige in Freiheit bleiben?«

»Das ist doch besser, als einen Unschuldigen einzusperren, nicht?«

»Warum sind Sie gestern in die Penguin Bar gegangen?«

»Ich will es Ihnen sagen. Bessy war fast jeden Abend dort. Sie wohnte nur ein paar Schritte von der Bar entfernt. Ich wollte eine Liste der Männer machen, die sie dort meistens getroffen hat.«

»Hat die Kellnerin Ihnen brauchbare Informationen gegeben?«

»Von ihr weiß ich, dass van Fleet und O'Neil mehrmals dort waren.«

»Zusammen mit Ward?«

»Nein.«

»Sind sie auch mit Bessy ausgegangen?«

»Nein. Bessy mochte die beiden nicht.«

»Schließt das die Möglichkeit aus, dass Bessy sich mit ihnen verabredet hatte? O'Neil hätte im Wagen mit ihr sprechen und sie bitten können, die anderen abzuschütteln.«

»Darüber habe ich nachgedacht.«

»Sie erklärt, dass sie nicht bis Nogales mitfahren will, streitet sich absichtlich mit Ward, weigert sich, wieder einzusteigen, und erwartet die beiden anderen in der Wüste. Die trennen sich gleich nach der Ankunft in Tucson von ihren Kameraden, ohne zu ahnen, dass Ward und Mullins planen, zu der Stelle zurückzufahren. Sie versuchen Wo Lee loszuwerden, der nicht beteiligt ist, und nehmen ein Taxi.«

»Und bringen Bessy um?«

»Ich hätte, glaube ich, die Wäsche der Männer untersuchen lassen.«

»Das ist geschehen. Bei van Fleet war die Untersuchung negativ, insofern wir dasselbe meinen. Bei O'Neil war es zu spät, seine Wäsche war schon in der Wäscherei, als wir ihn danach fragten.«

»Glauben Sie, dass Bessy ermordet worden ist?«

»Sehen Sie, Kommissar, hier glaubt man nicht, dass einer schuldig ist, bevor man es nicht beweisen kann. Jeder Mensch wird zunächst als unschuldig angesehen.«

Maigret erwiderte halb im Spaß, halb im Ernst:

»Jeder Franzose wird zunächst als schuldig angesehen. Trotzdem waren Sie derjenige, würde ich wetten, der die fünf Männer hat einsperren lassen. Mit der Begründung, dass sie eine Minderjährige zu sittenwidrigem Verhalten verleitet hätten.«

»Haben sie Bessy zum Trinken verleitet oder nicht? Und haben sie es zugegeben?«

»Schon, aber …«

»Sie haben also das Gesetz übertreten. Das passt mir gut, denn es macht die Sache für mich einfacher, wenn sie im Gefängnis sind. Alle fünf hätten sonst überwacht werden müssen, und ich habe nicht allzu viel Personal. Ich glaube, Sie sind jetzt ungefähr auf demselben Stand wie ich. Wenn Sie noch Fragen haben, stehe ich natürlich zur Verfügung.«

»Hat Mitchell, als er vom Tod seiner Schwester erfuhr, gleich gesagt, dass sie ermordet wurde?«

»Das war seine erste Reaktion. Bedenken Sie, er wusste, dass seine Schwester sich in der Küche mit Mullins eingelassen und dass Ward sie fast dabei ertappt hatte.«

»Nein.«

»Was meinen Sie?«

»Mitchell hat Ward niemals verdächtigt. Jedenfalls verdächtigt er ihn gegenwärtig nicht.«

»Hat er Ihnen das gesagt?«

»Er hat es mir zu verstehen gegeben.«

»Da wissen Sie also mehr. Ich sollte mich vielleicht mal mit ihm unterhalten. Aber jetzt muss ich leider in mein Büro gehen. Bleiben Sie beim Kommissar, Harry?«

Maigret stand wieder auf der Straße mit Cole, dessen Wagen sich gewöhnlich in der Nähe befand.

»Was möchten Sie jetzt tun, Julius?«

»Schlafen gehen.«

»Wäre es nicht der richtige Augenblick für ein letztes Glas?«

Das war es eben: Sie kamen aus einem Club, wo

ihnen in angenehmer Umgebung alle Getränke der Welt zur Verfügung standen. Cole kannte jeden. Sie konnten plaudern und trinken, so viel sie wollten.

Aber kaum war er draußen, hatte er das dringende Bedürfnis, sich in einer Bar zwischen Unbekannten an die Theke zu stellen.

War es so etwas wie der Reiz der Sünde?

Maigret war nahe daran, seinen Begleiter zu verlassen und ins Hotel zurückzukehren, denn er war wirklich müde. Aus einer Art Feigheit fuhr er mit. Cole hielt wie selbstverständlich kurze Zeit darauf vor der Penguin Bar.

Sie war fast leer an diesem Abend. Der Raum lag wie gewöhnlich im Halbdunkel. Musik kam aus dem blitzenden Automaten. Daneben an einem Tisch saßen zwei Paare: Harold Mitchell mit Erna Bolton und der Musiker mit Maggie.

Mitchell runzelte die Stirn, als er den Kommissar in Begleitung des FBI-Beamten in die Bar kommen sah. Er fing an, leise mit seinen Tischnachbarn zu sprechen.

»Sind Sie verheiratet?«, fragte Maigret Cole.

»Ja, und Vater von drei Kindern. Sie sind schon unten in Neuengland. Ich bin nämlich auch nur noch ein paar Monate hier.«

Heimweh lag in seinem Blick. Er leerte das Glas auf einen Zug.

»Was halten Sie vom Club?«, fragte er dann.

»Ich hätte nicht gedacht, dass er so luxuriös ist.«

»Es gibt schönere. Der Country Club zum Beispiel hat einen Golfplatz, mehrere Tennisplätze und ein wunderbares Schwimmbad.«

Cole hatte ein Zeichen gegeben, damit sein Glas wieder gefüllt wurde, und fuhr fort:

»Man isst viel besser und viel billiger als in den Restaurants. Alles ist von guter Qualität. Nur müssen Sie zugeben, dass es … im Englischen gibt es kein Wort dafür. Ich glaube, Sie würden sagen: *Es ist stinklangweilig*, nicht wahr?«

Komische Leute! Sie verpassten sich selbst strenge Regeln. Sie bemühten sich gewissenhaft, diese Regeln einzuhalten, an soundso vielen Stunden am Tag oder soundso vielen Tagen in der Woche oder soundso vielen Wochen im Jahr.

Hatten sie dann alle in einem bestimmten Moment das Bedürfnis, sich von ihren Regeln frei zu machen?

Erst später, kurz bevor die Bar schließen sollte, vertraute Cole, der sehr viel getrunken hatte und an dem Abend nur gegen sich selbst aggressiv gewesen war, Maigret an:

»Sehen Sie, Julius, damit es einigermaßen funktioniert auf der Welt, müssen die Menschen auf eine bestimmte Weise leben. Man hat eine komfortable Wohnung, elektrische Geräte, einen luxuriösen Wagen, eine gut gekleidete Frau, die einem hübsche

Kinder schenkt und sie ordentlich erzieht. Man hat seine Gemeinde und seinen Club. Man verdient Geld und bemüht sich, jedes Jahr mehr zu verdienen. So ist es doch auf der ganzen Welt?«

»Vielleicht ist es bei Ihnen vollkommener.«

»Weil wir reicher sind. Bei uns gibt es Arme, die einen eigenen Wagen haben. Die Schwarzen, die in den Baumwollplantagen arbeiten, besitzen fast alle einen alten Wagen. Wir haben nur noch ein Minimum von denen, die ganz unten sind. Wir sind ein großes Volk, Julius.«

Nicht aus Höflichkeit antwortete Maigret:

»Davon bin ich überzeugt.«

»Trotzdem gibt es Momente, in denen die komfortable Wohnung, die lächelnde Frau, die ordentlichen Kinder, das Auto, der Club, das Büro, das Bankkonto nicht genügen. Kommt das auch bei Ihnen vor?«

»Ich glaube, das kommt bei allen Männern vor.«

»Dann will ich Ihnen verraten, Julius, welches Rezept ein paar Millionen von uns kennen und anwenden. Sie betreten eine Bar wie diese. Egal welche, sie sind alle gleich. Der Barkeeper spricht Sie mit Ihrem Vornamen an. Wenn er Sie nicht kennt, mit einem beliebigen Namen, darauf kommt es nicht an. Er schiebt Ihnen ein Glas rüber, und wenn es leer ist, schenkt er nach. Irgendwann klopft Ihnen einer, den Sie nicht kennen, auf die Schulter und erzählt Ihnen seine Geschichte. Meistens zeigt er Ihnen dazu ein Bild von seiner Frau und den Kindern, und am Ende gesteht er, dass er ein fettes Schwein ist.

Ab und zu begegnen Sie einem, den der Whisky schwermütig macht. Er guckt Sie schief an und schlägt Ihnen aufs Maul, einfach so, ohne erkennbaren Grund.

Das macht aber nichts. So oder so werden Sie morgens um eins vor die Tür gesetzt, weil das Gesetz es so will, und Gesetz bleibt Gesetz.

Man eiert nach Hause, möglichst ohne die Straßenlaternen mitzunehmen. Denn wenn man in betrunkenem Zustand Auto fährt, riskiert man eine Gefängnisstrafe.

Und am nächsten Morgen greift man zu der kleinen blauen Flasche, die Sie schon kennen. Ein heißes Bad, dann eine eiskalte Dusche, und die Welt ist wieder frisch und neu. Man freut sich, dass das Haus in Ordnung und die Straße sauber gefegt ist, man freut sich über den Wagen, der geräuschlos fährt, und über das Büro mit Klimaanlage. Das Leben ist schön, Julius!«

Maigret sah zu den beiden Paaren in der Ecke neben dem Musikautomaten. Sie blickten ihn ebenfalls an.

Im Grunde war Bessy gestorben, damit das Leben schön war!

8

Die Frage
des Schwarzen

Da standen sie alle fünf in ihren blauen Sträflingsanzügen auf der Terrasse des ersten Stocks. Durch häufige Wäsche hatte die Kleidung das Blau der Sardinennetze angenommen, das allmorgendliche pure Blau des Himmels.

In der Ecke, im Schatten, hatte sich noch etwas von der Frische der Nacht und der Morgendämmerung gehalten. Trat man aber heraus ins Licht, brannte sich einem die Hitze in die Haut.

Wenig später, wenn die Sonne den Zenit erreicht hatte, würde vielleicht einer der fünf Männer wegen Mordes oder Totschlags angeklagt werden.

Dachten sie daran? Und überlegten diejenigen, die sich schuldlos wussten, wer von ihnen es war, der getötet hatte? Oder kannten sie den Täter und hatten aus Kameradschaft geschwiegen, aus Korpsgeist?

Was ihm auffiel, war, dass jeder ganz für sich blieb.

Sie gehörten zu derselben Basis, derselben Einheit. Sie waren zusammen ausgegangen, hatten zusammen getrunken und sich amüsiert, nannten sich beim Vornamen.

Aber schon als sie dem Coroner zum ersten Mal vorgeführt wurden, waren unsichtbare Wände zwischen ihnen entstanden, und sie hatten sich nicht mehr gekannt.

Meistens vermieden sie, einander anzusehen, und wenn es zufällig doch geschah, waren ihre Blicke ernst und schwer, voller Argwohn oder Groll. Es kam vor, dass sie einander streiften, Seite an Seite saßen, aber das stellte keine Verbindung zwischen ihnen her.

Trotzdem bestanden zwischen diesen Männern Beziehungen, die Maigret von Anfang an geahnt hatte und nun besser zu begreifen begann.

Sie teilten sich zum Beispiel in zwei verschiedene Gruppen, nicht nur beim Ausgehen, sondern auch in der Kaserne.

Sergeant Ward und Dan Mullins bildeten eine Gruppe. Sie waren die Älteren, die Großen sozusagen, neben denen die drei anderen wie Rekruten oder Schüler aus der unteren Klasse wirkten.

Sie hatten etwas Tollpatschiges und Unentschlossenes wie frisch eingeschulte Kinder, und sie blickten die Älteren mit einer gewissen Bewunderung an, vermischt mit Neid.

Zwischen Ward und Mullins aber war die Mauer

besonders dick und undurchdringlich. Konnte Ward vergessen, dass Mullins in der Küche des Musikers fast vor seinen Augen mit Bessy geschlafen hatte und dass dies wahrscheinlich die letzte Umarmung in ihrem Leben gewesen war?

Er selbst hatte, damit sie ihm gehörte, einen hohen Preis bezahlt. Sein Versprechen, sich scheiden zu lassen, würde die Trennung von seinen Kindern bedeuten. Er hatte alles eingesetzt, während sein Kamerad, der Schönling, ihr bloß schöne Augen zu machen brauchte.

Hatte er nicht einen schweren Verdacht gegen Dan? Musste man ihm nicht abnehmen, dass er aufrichtig glaubte, man habe ihm unbemerkt ein Betäubungsmittel verabreicht?

Er war unversehens eingeschlafen, und als stolzer Zecher konnte er nicht zugeben, dass es die Wirkung des Alkohols gewesen war. Er wusste nicht, wie lange er geschlafen hatte. Was das anging, hatte Maigret eine amüsante Beobachtung gemacht. So oft der Coroner oder der Attorney eine genaue Zeitangabe haben wollte, hatten die Männer geantwortet:

»Ich hatte keine Uhr bei mir.«

Das hatte Maigret an seine eigene Militärzeit erinnert, als die Soldaten einen Sou pro Tag erhielten und sämtliche Uhren sich nach wenigen Wochen im Leihhaus befanden.

Welchen Beweis hatte Ward, dass Mullins die ganze Zeit neben ihm im Wagen gesessen hatte?

Maigret hatte Cole gefragt, der sich auf diesem Gebiet auskannte:

»Könnte der Musiker Marihuana-Zigaretten zu Hause gehabt haben?«

»Ich bin fast sicher, dass er keine hatte. Aber selbst wenn – Ward wäre nicht so fest eingeschlafen, wie er es geschildert hat. Er hätte sich im Gegenteil ganz besonders wach gefühlt.«

Verdächtigte Mullins nicht seinerseits Ward, dass dieser seinen, Mullins', Schlaf ausgenutzt hatte, um sich zum Bahndamm zu schleichen?

Trotzdem erwischte man nie einen hasserfüllten oder vorwurfsvollen Blick zwischen den beiden. Es wirkte eher so, als suchten beide angestrengt und mit gerunzelter Stirn nach der Lösung des Problems.

In der unteren Klasse war van Fleet der Nervöseste. Er hatte an jenem Morgen die Augen eines Menschen, der nachts nicht geschlafen oder lange geweint hat.

Sein Blick war starr und angstvoll. Er schien ein Unglück vorauszuahnen, seine Fingernägel waren bis zur Nagelsohle heruntergekaut. Er kaute auch jetzt unbewusst an den Nägeln, hielt plötzlich inne, als er es bemerkte, und versuchte, Fassung zu bewahren.

O'Neil blieb eigensinnig und mürrisch, er glich immer noch dem guten Schüler, der zu Unrecht bestraft worden ist. Als Einziger von den fünfen wirkte er linkisch in der zu großen Sträflingskleidung.

Der Chinese aber hatte in seinem Gesicht und seiner Haltung etwas so Reines, dass man ihn am liebsten wie ein Kind behandelt hätte.

»Der letzte Tag!«, rief eine fröhliche Stimme Maigret so unvermutet ins Ohr, dass er zusammenzuckte.

Es war einer der Geschworenen, der älteste. Er sah aus wie mit der Radiernadel gezeichnet. Seine Augen, um die sich tausend feine Falten zogen, sprühten vor Witz und Wohlwollen. Er hatte Maigret so pünktlich und aufmerksam gefunden, hatte gespürt, wie leidenschaftlich er bei der Sache war, dass er annehmen musste, er sei nun enttäuscht, dass die Verhandlung schon zu Ende ging.

»Der letzte Tag, ja.«

Hatte sich der Alte, der nicht beunruhigt schien, schon ein Urteil über den Fall gebildet? Van Fleet stand in der Nähe und hatte die Worte gehört. Er nahm sich seine Fingernägel vor, während Sergeant Ward seinen finsteren Blick auf diesen dicken Mann mit dem ausländischen Akzent richtete, der sich aus unerfindlichen Gründen für sie interessierte.

Alle waren frisch rasiert. Ward hatte sich die

Haare schneiden lassen, am Nacken und um die Ohren waren sie kürzer geschoren als gewöhnlich, sodass sich diese Stellen weißer Haut stark von der sonnengebräunten abhob.

Irgendetwas Ungewöhnliches ging vor. Es war zwanzig vor zehn, und Hesekiel hatte die Geschworenen noch nicht gerufen.

Er stand nicht im Säulengang, sondern in der Nähe des Rasens im Schatten und rauchte seine Pfeife vor einer geschlossenen Tür.

Man hatte weder den Coroner noch den Attorney noch O'Rourke gesehen, die sonst in den Gängen auf und ab zu gehen pflegten.

Die Stammgäste hatten sich schon um halb zehn hingesetzt. Schließlich kamen sie einer nach dem anderen wieder heraus, nachdem sie mit einem Hut oder Ähnlichem ihren Platz belegt hatten. Man schaute Hesekiel von oben zu. Manche gingen hinunter, um eine Coca-Cola zu trinken. Die Schwarze mit dem Baby sagte etwas zu Maigret, das er nicht verstand. Er lächelte nur und streichelte das Kinn ihres Babys.

Auch er ging hinunter. Im Büro des Coroners fand eine Besprechung statt, und er sah O'Rourke, der telefonierte.

Er steckte fünf Cent in den Spalt des roten Automaten und trank an diesem Vormittag seine erste Coca-Cola aus der Flasche. Von unten beobachtete er weiter die fünf Männer, die im ersten Stock standen und die Ellenbogen auf das Geländer stützten.

Dann nahm er plötzlich einen Zettel aus seiner Brieftasche und kritzelte ein paar Worte darauf. Im Säulengang gab es einen Händler, der Zeitungen, Postkarten und Briefpapier verkaufte. Maigret kaufte einen Umschlag, steckte den Zettel hinein, klebte das Kuvert zu und schrieb *O'Rourke* darauf.

Allmählich spürte man, dass die Leute ungeduldig und unruhig wurden. Schließlich hatten alle die Tür bemerkt, hinter der sich die Beamten versammelt hatten. Von Zeit zu Zeit sah man einen Deputy Sheriff eilig herauskommen und in ein anderes Büro entschwinden.

Endlich hielt draußen ein heller Wagen, und ein kleiner stämmiger Mann ging über den Patio auf das Büro des Sheriffs zu. Offenbar wurde er schon sehnsüchtig erwartet, denn O'Rourke lief ihm entgegen, nahm ihn mit, und die Tür schloss sich hinter den beiden.

Um fünf vor zehn endlich tat Hesekiel einen letzten Zug aus seiner Pfeife und rief gewohnheitsgemäß:

»Geschworene!«

Jeder begab sich auf seinen Platz. Der Coroner probierte diverse Positionen seines Stuhls aus und stellte die Mikrofone ein. Hesekiel fummelte ein wenig an den Knöpfen der Klimaanlage und ließ die Jalousien herunter.

»Angelino Pozzi!«

O'Rourke hielt Ausschau nach Maigret und zwinkerte ihm zu. Harold Mitchell saß in der Nähe, bemerkte es und verzog das Gesicht.

»Sie sind Gemüsehändler und beliefern den Stützpunkt?«

»Ich beliefere das Offiziers- und das Unteroffizierskasino.«

Er war italienischer Herkunft und hatte seinen Akzent behalten. Ihm war sehr heiß. Er hatte sich beeilt, wischte sich ununterbrochen die Stirn und sah neugierig um sich.

»Sie wissen nichts von dem Tod Bessy Mitchells und haben von der Untersuchung nichts gehört?«

»Nein, Euer Ehren. Ich bin vor einer Stunde aus Los Angeles gekommen, wo ich mit einem meiner Lastwagen Ware geholt habe. Meine Frau hat mir gesagt, dass während der Nacht mehrmals angerufen und gefragt wurde, ob ich schon zurück bin. Vorhin gerade, als ich mich geduscht hatte und schlafen gehen wollte, ist ein Mann vom Sheriff gekommen.«

»Was haben Sie seit dem Morgen des 28. Juli getan?«

»Als ich den Stützpunkt verließ, wo ich Aufträge entgegengenommen …«

»Augenblick. Wo haben Sie die Nacht vom 27. auf den 28. verbracht?«

»In Nogales, auf der mexikanischen Seite. Ich hatte zwei Lastwagenladungen Melonen und eine Ladung Gemüse gekauft. Wir haben einen Teil der Nacht zusammen verbracht, meine Lieferanten und ich. Das tun wir oft.«

»Haben Sie viel getrunken?«

»Nicht viel. Wir haben gepokert.«

»Ist Ihnen sonst nichts untergekommen?«

»Wir sind zu einem Lokal gefahren, um ein Glas zu trinken, und als mein Wagen dort geparkt stand, muss er von einem anderen Wagen gerammt worden sein. Ein Kotflügel war beschädigt.«

»Beschreiben Sie uns Ihren Wagen.«

»Ein Pontiac, beige. Gelegenheitskauf, vor ungefähr acht Tagen.«

»Wussten Sie, dass die Reifen auf Kredit gekauft worden waren?«

»Nein. Es kommt oft vor, dass ich Wagen kaufe und wieder verkaufe. Nicht wegen dem Gewinn, sondern um jemandem einen Gefallen zu tun.«

»Um wie viel Uhr sind Sie nach Tucson zurückgefahren?«

»Es muss so drei Uhr morgens gewesen sein, als ich über die Grenze fuhr. Ich habe kurz mit dem Beamten der Einwanderungsbehörde geplaudert. Er kennt mich.«

Er hatte die italienische Gewohnheit beibehalten, beim Sprechen zu gestikulieren, und sah der Reihe nach alle an, die ihn umgaben, als verstünde er noch nicht, was man eigentlich von ihm wollte.

»Waren Sie allein im Wagen?«

»Ja. In der Nähe des Flugplatzes von Tucson sah ich jemanden, der mir winkte, damit ich anhielt. Ich dachte, der Mann will per Anhalter fahren. Wenn er mir schon eher begegnet wäre, hätte ich Gesellschaft gehabt, dachte ich.«

»Wie spät war es da?«

»Ich bin nicht schnell gefahren … vielleicht kurz nach vier?«

»War es schon hell?«

»Noch nicht. Aber auch nicht mehr ganz dunkel.«

»Drehen Sie sich um und sagen Sie uns, welcher von diesen Männern Sie auf diese Art angehalten hat.«

Pozzi zögerte nicht.

»Der Chinese!«

»Stand er allein am Straßenrand?«

»Ja, Euer Ehren.«

»Wie war er gekleidet?«

»Ich glaube, er trug ein lila Hemd.«

»Sind Sie sonst einem Wagen begegnet?«

»Ja, etwa zwei Meilen weiter.«

»In Richtung Nogales?«

»Ja. Ein Chevrolet stand am Straßenrand vor einem Telegrafenmast. Er war unbeleuchtet, und einen Augenblick dachte ich an einen Unfall, denn er berührte vorne fast den Mast.«

»Haben Sie jemanden im Wagen gesehen?«

»Es war zu dunkel.«

»Was hat Corporal Wo Lee zu Ihnen gesagt?«

»Er hat gefragt, ob ich auf seine beiden Kameraden warten könnte. Sie müssten jeden Moment kommen. Er hat gesagt, dass sie alle drei zum Stützpunkt gehörten, und ich habe geantwortet, dass ich sowieso dahin unterwegs bin. Ich dachte, die zwei anderen hätten sich nur kurz von der Straße entfernt, weil sie mal mussten.«

»Haben Sie lange gewartet?«

»Es kam mir lange vor, ja.«

»Wie viele Minuten ungefähr?«

»Vielleicht drei oder vier. Der Corporal hat die Namen zum Bahndamm hin gerufen, mit den Händen vor dem Mund wie ein Trichter.«

»Konnten Sie den Bahndamm sehen?«

»Nein, aber ich fahre die Strecke oft und weiß, wo er liegt.«

»Hat sich Wo Lee entfernt?«

»Nein. Ich habe ihm angesehen, dass er auch ohne seine Kameraden fahren würde, wenn die nicht gleich kämen.«

»War er im Wagen?«

»Er blieb draußen und stand vorne an den Kotflügel gelehnt.«

»Den Kotflügel, der in Nogales beschädigt worden war?«

»Ja, Euer Ehren.«

Jetzt verstand Maigret. Die Polizisten mussten auf der Straße abgeblätterte Farbe gefunden haben. Deshalb hatte man die drei Männer gefragt, ob der Wagen, der sie zur Basis zurückgefahren hatte, Spuren eines Unfalls aufwies.

»Was ist dann passiert?«

»Nichts. Die beiden sind gekommen. Zuerst waren nur ihre Schritte zu hören.«

»Kamen sie aus der Richtung des Bahndamms?«

»Ja.«

»Was haben sie gesagt?«

»Nichts. Sie sind sofort eingestiegen.«

»Haben sie hinten Platz genommen?«

»Einer von den beiden hat sich hinten zum Chinesen gesetzt. Der andere ist vorne eingestiegen.«

Er drehte sich um und wies unaufgefordert auf O'Neil.

»Der saß vorn.«

»Hat er mit Ihnen geredet?«

»Nein. Er war sehr rot und hat schwer geatmet. Ich dachte, er ist betrunken und hat sich vielleicht gerade übergeben.«

»Haben die drei miteinander gesprochen?«

»Nein. Ehrlich gesagt habe die ganze Zeit nur ich gesprochen.«

»Bis zur Basis?«

»Ja. Ich habe sie im ersten Hof abgesetzt, gleich hinter dem Stacheldraht. Ich glaube, der Chinese hat sich als Einziger bei mir bedankt.«

»Haben Sie nachher in Ihrem Wagen irgendetwas gefunden?«

»Nein. Ich habe meine Sachen erledigt und bin nach Hause gefahren. Ich komme oft nachts nicht zum Schlafen. Der Fahrer hat mich mit einem der Lastwagen abgeholt, und wir sind nach Los Angeles gefahren. Wir sind gestern Mittag dort wieder aufgebrochen. Ich habe keine Zeitung gelesen, ich hatte viel zu tun.«

»Gibt es Fragen, Geschworene?«

Diese schüttelten den Kopf. Pozzi hob seinen Strohhut auf, den er auf den Boden gelegt hatte, und ging auf die Tür zu.

»Einen Augenblick. Könnten Sie bitte noch kurz dableiben und dem Gericht zur Verfügung stehen?«

Es war kein Sitzplatz mehr frei, und so wartete er im Türrahmen. Er zündete sich eine Zigarette an und weckte Hesekiels Unmut.

Als O'Rourke endlich aufstand, hob der alte Schwarze unter den Geschworenen die Hand wie ein Schüler.

»Ich möchte, dass jeder der fünf Männer unter

Eid beantwortet, wann er Bessy Mitchell, lebendig oder tot, zum letzten Mal gesehen hat.«

Maigret zuckte zusammen und sah den Geschworenen mit einer Mischung aus Erstaunen und Bewunderung an.

O'Rourke setzte sich wieder, wandte sich dabei zu Maigret um und zwinkerte ihm zu, als wollte er sagen:

Gar nicht so dumm, der Alte!

Nur der Coroner wirkte missmutig.

»Sergeant Ward!«, rief er.

Und als der Sergeant vor dem verchromten Mikrofon saß:

»Sie haben die Frage des Geschworenen gehört. Ich erinnere Sie daran, dass Sie unter Eid aussagen. Wann haben Sie Bessy, lebendig oder tot, zum letzten Mal gesehen?«

»Am 28. Juli nachmittags. Monsieur O'Rourke hat mich zur Identifizierung der Toten in die Leichenhalle geführt.«

»Wann hatten Sie sie vorher zuletzt gesehen?«

»Als sie in Begleitung von Sergeant Mullins den Wagen verließ.«

»Beim ersten Halt des Wagens an der rechten Straßenseite?«

»Ja, Euer Ehren.«

»Als Sie dann ausgestiegen sind, um sie zu suchen, haben Sie sie nicht mehr gesehen?«

»Nein, Euer Ehren.«

Der Schwarze gab zu verstehen, dass ihm das genügte.

»Sergeant Mullins! Ich richte an Sie dieselbe Frage und mache Sie ebenfalls darauf aufmerksam, dass Sie unter Eid stehen. Wann haben Sie Bessy zum letzten Mal gesehen?«

»Als sie mit Ward aus dem Wagen gestiegen ist und die beiden sich in der Dunkelheit entfernt haben.«

»Beim ersten Halt?«

»Nein, Euer Ehren. Beim zweiten.«

»Als der Wagen also schon in Fahrtrichtung Tucson stand?«

»Ja, Euer Ehren. Danach habe ich Bessy nicht mehr gesehen.«

»Corporal van Fleet.«

Dieser war offensichtlich reif. Aus irgendeinem Grund streikten seine Nerven. Es bedurfte nur noch eines kleinen Schocks, und er brach zusammen. Er sah völlig verwirrt aus, seine Finger bewegten sich unaufhörlich. Er wusste nicht, wohin er blicken sollte.

»Haben Sie die Frage verstanden?«

O'Rourke hatte sich zum Attorney hinübergebeugt, der sagte:

»Ich betone nochmals, dass Sie unter Eid aussagen, und erinnere Sie daran, dass Meineid ein Verbrechen ist, das mit Gefängnis bis zu zehn Jahren bestraft wird.«

Van Fleet bot den kläglichen Anblick einer verletzten Katze, die von wilden Jungs gejagt wird. Zum ersten Mal war die Tragödie wirklich zu spüren. Genau in dem Augenblick begann das Baby der Schwarzen zu schreien. Der Coroner runzelte ungeduldig die Stirn. Die Mutter versuchte vergeblich, ihr Kind zum Schweigen zu bringen. Zweimal öffnete van Fleet den Mund, um zu sprechen, und beide Male schrie das Baby noch lauter, sodass die Schwarze schließlich, wenn auch ungern, den Saal verließ.

Da öffnete Pinky erneut den Mund, aber der Mund blieb offen, ohne dass ein Laut herauskam. Das Schweigen kam allen so lang vor wie Pozzi die drei Minuten des Wartens auf der Landstraße. Man hatte das Bedürfnis, dem Corporal zu helfen, ihm eine Antwort zuzuflüstern, den Coroner zu bitten, er möge ihn nicht länger quälen.

Wieder einmal beugte sich O'Rourke zum Attorney hinüber. Dieser stand auf und ging auf die Zeugenbank zu, wobei er mit einem Bleistift herumfuchtelte wie ein Schulmeister:

»Haben Sie die Aussage Pozzis gehört? Als er am Straßenrand hielt, war Ihr Kamerad Wo Lee allein. Wo waren Sie?«

»In der Wüste.«

»Auf der Seite des Bahndamms?«

»Ja.«

»Auf dem Bahndamm?«

Er schüttelte heftig den Kopf.

»Nein, Euer Ehren. Ich schwöre, ich habe den Bahndamm nicht betreten.«

»Aber von der Stelle aus, wo Sie standen, konnten Sie die Schienen sehen?«

Keine Antwort. Van Fleet sah überall und nirgends hin. Maigret hatte den Eindruck, dass es ihn ungeheure Überwindung kostete, sich nicht zu O'Neil umzudrehen.

Schweißtropfen standen auf seiner Stirn, und er fing wieder mit dem Nägelkauen an.

»Was haben Sie auf dem Bahndamm gesehen?«

Vor Angst erstarrt, gab er keine Antwort.

»Dann beantworten Sie wenigstens die erste Frage: Wann haben Sie Bessy, lebendig oder tot, zum letzten Mal gesehen?«

Die Angst des Flamen zerrte so an den Nerven, dass einige im Publikum sicher gern gerufen hätten: Genug!

»Ich sagte, lebendig oder tot. Haben Sie mich verstanden? Antworten Sie!«

Da sprang van Fleet auf und schluchzte, wobei er krampfhaft den Kopf schüttelte:

»Ich bin es nicht! Ich schwöre! Ich bin es nicht!«

Er zitterte am ganzen Körper, seine Zähne klapperten und sein Blick irrte durch den Saal, ohne etwas wahrzunehmen.

O'Rourke trat schnell zu ihm und packte ihn mit festem Griff am Arm, um zu verhindern, dass der Junge sich auf den Boden warf. So führte er ihn zur Tür und übergab ihn dem dicken Gerald Conley, dem Deputy Sheriff mit dem prächtigen Revolver.

Er sagte leise etwas, ging zum Coroner und beriet sich mit ihm.

Man spürte ein Schwanken, eine Unsicherheit. Auch der Attorney kam zum Coroner, und sie besprachen sich eine Weile. Dann schien es, als suchten sie jemanden. Von draußen wurde Hans Schmider hereingeholt, der Mann mit den Gipsabdrücken. Er hatte wieder ein Paket dabei.

Dem schwarzen Geschworenen flüsterte der Coroner zu:

»Wenn Sie gestatten, hören wir diesen Zeugen, bevor wir Ihre Frage an die beiden anderen Männer richten. Kommen Sie, Schmider. Erzählen Sie uns, was Sie heute Nacht entdeckt haben.«

»Ich bin mit zwei Mann zur Basis gefahren, und wir haben den Abfall untersucht, der verbrannt werden sollte. Er wird in der Nähe der Kasernen auf einen Haufen geworfen. Wir mussten mit Taschenlampen arbeiten und haben schließlich dies gefunden.«

Aus einer Pappschachtel nahm er ein Paar ziemlich abgenutzte Halbschuhe und zeigte vor allem auf die Gummiabsätze.

»Ich habe sie mit den Abdrücken verglichen. Diese Schuhe gehören tatsächlich zu den Spuren Nummer zwei.«

»Genauer, bitte.«

»Als Spuren Nummer eins bezeichne ich diejenigen, die vom Wagen in etwa zum Bahndamm führen und ungefähr der Fährte von Bessy Mitchell folgen. Die Spuren Nummer zwei fangen weiter unten an, an der Straße in Richtung Nogales, und sie enden an derselben Stelle auf dem Bahndamm. In der Nähe wurde die Leiche gefunden.«

»Konnten Sie ermitteln, wem diese Schuhe gehören?«

»Nein, Euer Ehren.«

»Haben Sie die Leute vom Stützpunkt gefragt?«

»Nein. Es sind etwa viertausend Mann.«

»Danke.«

Auf dem Weg hinaus stellte Schmider die Schuhe auf den Tisch des Attorneys.

»Corporal Wo Lee.«

Dieser ging zum Zeugenstuhl. Man musste das Mikrofon wieder herunterschrauben.

»Vergessen Sie nicht, dass Sie unter Eid aussagen. Ich richte an Sie dieselbe Frage wie an Ihre Kameraden. Wann haben Sie Bessy Mitchell zum letzten Mal gesehen?«

Er zögerte nicht, wartete jedoch einen Augenblick, wie er es immer tat, als übersetzte er sich die Frage erst in seine Muttersprache.

»Als sie zum zweiten Mal aus dem Wagen stieg.«

»Danach haben Sie sie nicht wiedergesehen?«

»Nein, Euer Ehren.«

»Und haben Sie ihre Stimme gehört?«, mischte sich der Attorney ein, zu dem O'Rourke leise gesprochen hatte.

Dieses Mal überlegte Wo Lee länger, betrachtete einen Augenblick den Fußboden, sodass die mädchenhaften langen Wimpern seine klaren Augen bedeckten, und sagte dann:

»Ich bin nicht sicher.«

Er blickte zu O'Neil, als wollte er sich entschuldigen.

»Was meinen Sie damit genau?«

»Ich habe Geräusche gehört. Als würden Leute sich streiten. Und etwas wie ein Rascheln im Gebüsch.«

»Wann?«

»Vielleicht zehn Minuten bevor der Wagen kam.«

»Sie meinen Pozzis Wagen?«

»Ja, Euer Ehren.«

»Standen Sie an der Straße?«

»Ich war die ganze Zeit an der Straße.«

»Wie lange war es her, dass Sie das Taxi zurückgeschickt hatten?«

»Vielleicht eine halbe Stunde.«

»Wo waren Ihre Kameraden?«

»Als wir aus dem Taxi ausgestiegen waren, sind wir zusammen in Richtung Nogales gegangen, wie ich schon sagte. Ich glaube, wir hatten die Stelle verfehlt und zu nahe am Flugfeld gehalten. Nach einer gewissen Zeit sind wir umgekehrt und haben uns getrennt. Ich blieb an der Straße. Etwa zwanzig Meter entfernt hörte ich van Fleet in der Wüste, und O'Neil war noch ein Stück weiter entfernt.«

»Beim Bahndamm?«

»Ziemlich nah. Und nach einer Weile habe ich Geräusche gehört.«

»War eine Frauenstimme dabei?«

»Ich weiß nicht.«

»Hat es lange gedauert?«

»Nein, Euer Ehren, nur sehr kurz.«

»Sie haben weder die Stimme van Fleets noch die von O'Neil gehört?«

»Ich glaube doch.«

»Welche von den beiden?«

»Die von O'Neil.«

»Was sagte er?«

»Das konnte ich nicht verstehen. Ich glaube, er rief van Fleet.«

»Hat er den Namen ausgesprochen?«

»Nein. Er nannte ihn Pinky, wie immer. Einer fing an zu laufen. Ich hatte den Eindruck, dass weiter leise gesprochen wurde. Dann habe ich gesehen, dass aus Nogales ein Wagen kam. Ich bin auf die Straße getreten, um ihm zu winken.«

»Wussten Sie, dass Ihre Kameraden zurückkommen würden?«

»Ich dachte mir, dass sie kommen, wenn sie den Wagen hören.«

»Haben Sie Fragen, Attorney?«

Dieser schüttelte den Kopf.

»Die Geschworenen?«

Auch sie verneinten.

»Unterbrechung!«

9

Die flache Flasche
des Sergeant

Vergeblich versuchte Maigret, O'Rourke kurz aufzuhalten. Geschäftig eilte dieser vorbei und schloss sich im Erdgeschoss in ein Büro ein. Vermutlich war es seins. Das Fenster stand wegen der Hitze offen, und man sah während der ganzen Pause unentwegt Leute draußen vorbeiziehen.

Pinky saß auf einem Stuhl neben den grünen Aktenordnern. Man hatte ihm einen Schnaps gegeben, damit er wieder auf die Beine kam.

O'Rourke und einer seiner Leute sprachen auf ihn ein wie unter Freunden, und der Corporal lächelte zwei- oder dreimal schwach.

Die Schwarze wanderte, umgeben von ihren Verwandten, immer noch durch die Gänge mit dem Baby auf dem Arm. Als die Geschworenen hereingerufen wurden, war sie die Erste, die Platz nahm.

Im Grunde war der Ablauf ähnlich wie in Frankreich, mit dem Unterschied, dass dort die Vernehmungen in einem Büro der Kriminalpolizei stattfanden, hinter verschlossenen Türen statt vor Publikum.

Die Geschworenen wirkten ernst, als fühlten sie die Stunde ihrer Verantwortung nahen.

Hätte die Untersuchung ohne die Frage des Schwarzen dieselbe Wendung genommen? Hätte O'Rourke ins Verfahren eingegriffen?

»Corporal van Fleet.«

Er wirkte jetzt wie ein Boxer, der durch die vorangegangenen Runden angezählt war und sich nun in Erwartung des K. o. dem Gegner näherte. Man empfand fast etwas wie Mitleid.

Man wusste, dass er wusste. Alle wollten die Wahrheit endlich erfahren. Gleichzeitig war es beschämend, ihm so zusetzen zu müssen.

Der Coroner überließ es dem Attorney, ihm den Rest zu geben. Der stand auf und trat zu dem Zeugen, mit seinem Bleistift in der Hand.

»Etwa zehn Minuten vor der Ankunft des Wagens, der Sie alle drei zur Basis zurückgefahren hat, gab es einen Zwischenfall auf dem Bahndamm. Bis zur Straße waren die Geräusche zu vernehmen. Haben Sie etwas gehört?«

»Ja, Euer Ehren.«

»Haben Sie etwas gesehen?«

»Ja, Euer Ehren.«

»Was hat sich genau zugetragen?«

Man spürte, dass der Flame entschlossen war, alles zu sagen. Er suchte nach Worten. Es fehlte wenig, und er hätte um Hilfe gebeten.

»Jimmy lag schon eine ganze Weile bei Bessy ...«

Es war merkwürdig, dass er O'Neil ausgerechnet jetzt bei seinem Vornamen nannte.

»Ich nehme an, dass ich aus Versehen Lärm gemacht habe.«

»Wie weit waren Sie entfernt von dem Paar?«

»Fünf bis sechs Meter.«

»Wusste O'Neil, dass Sie da waren?«

»Ja.«

»Hatten Sie das so verabredet?«

»Ja.«

»Wer hat die flache Whiskyflasche gekauft?«

»O'Neil.«

»Wann?«

»Kurz bevor die Penguin Bar schloss.«

»Zusammen mit den anderen Flaschen?«

»Nein.«

»Wer hatte den Einfall?«

»Wir beide.«

»Sie meinen, O'Neil und Sie?«

»Ja, Euer Ehren.«

»Mit welcher Absicht haben Sie eine Flasche gekauft, die man in die Tasche stecken kann, nachdem Sie doch den ganzen Abend getrunken hatten und bei dem Musiker weitertrinken würden?«

»Wir wollten Bessy betrunken machen. Sergeant

Ward erlaubte Bessy nicht, dass sie so viel trank, wie sie wollte.«

»Hatten Sie da bereits ganz bestimmte Absichten?«

»Vielleicht nicht ganz bestimmte.«

»Wussten Sie, dass es den Vorschlag geben würde, den Rest der Nacht in Nogales zu verbringen?«

»Dort oder woanders. Es läuft immer auf dasselbe hinaus.«

»Das heißt, bevor Sie aus der Penguin Bar weggingen, also vor ein Uhr nachts, wussten Sie genau, was Sie wollten?«

»Wir dachten, wir würden vielleicht eine Gelegenheit bekommen.«

»Wusste Bessy Bescheid?«

»Sie wusste, dass Jimmy mehrere Male in der Penguin Bar gewesen war, um sie dort zu treffen.«

»Hatten Sie Wo Lee in das Geheimnis eingeweiht?«

»Nein, Euer Ehren.«

»Wer hatte die Flasche in der Tasche?«

»O'Neil.«

»Wer hatte sie bezahlt?«

»Wir beide. Ich habe ihm zwei Dollarscheine gegeben. Er hat den Rest dazugelegt.«

»Im Wagen befand sich doch schon eine Flasche.«

»Wir wussten vorher nicht, dass sie im Auto liegen bleiben würde. Und die Flasche war zu dick. Man hätte sie nicht verstecken können.«

»Auf der Fahrt nach Nogales, als O'Neil mit Bessy hinten saß, hat er da versucht, die Situation auszunutzen?«

»Ich nehme es an.«

»Hat er ihr Alkohol zu trinken gegeben?«

»Möglich. Ich habe ihn nicht gefragt.«

»Wenn ich Sie richtig verstehe, passte es Ihnen beiden gut, dass Bessy in der Wüste allein zurückgelassen wurde?«

»Ja, Euer Ehren.«

»Haben Sie miteinander darüber gesprochen?«

»Wir mussten nicht darüber sprechen, wir haben uns verstanden.«

»Hatten Sie da bereits beschlossen, Wo Lee loszuwerden?«

»Ja, Euer Ehren.«

»Gingen Sie davon aus, dass Bessy einwilligen würde?«

»Sie hatte schon viel getrunken.«

»Und Sie wollten sie noch weiter zum Trinken verführen?«

»Ja, Euer Ehren.«

Er war jetzt so weit, auch die peinlichsten Fragen zu beantworten.

»Warum brauchten Sie ungefähr eine halbe Stunde, um Bessy Mitchell wiederzufinden?«

»Wir haben das Taxi wohl zu früh anhalten lassen. Auch wir hatten ja getrunken. Es ist schwer, in der Nacht eine bestimmte Stelle an der Straße wiederzuerkennen.«

»Sie haben nochmals versucht, Wo Lee zurückzuschicken. Als Sie kehrtmachten, gingen Sie beide durch die Wüste?«

»Ja, Euer Ehren.«

»Zusammen?«

»O'Neil ging rechts von mir, etwa zwanzig Meter entfernt. Ich konnte seine Schritte hören. Ab und zu hat er leise gepfiffen, damit ich wusste, wo er war.«

»Hat er Bessy auf dem Bahndamm gefunden?«

»Nein, Euer Ehren. Dicht daneben.«

»Schlief sie?«

»Ich weiß es nicht. Ich nehme es an.«

»Was hat sich genau zugetragen?«

»Ich habe gehört, dass er leise zu ihr sprach. Dann hat er sich neben sie gelegt. Sie dachte zuerst, es wäre Sergeant Ward. Dann hat sie aufgelacht.«

»Hat er ihr zu trinken gegeben?«

»Bestimmt. Ich habe die leere Flasche auf den Schotter fallen hören, wahrscheinlich auf die Schienen.«

»Was taten Sie währenddessen?«

»Ich bin so leise wie möglich näher herangegangen.«

»Wusste O'Neil das?«

»Er musste es wissen.«

»War es so verabredet?«

»Mehr oder weniger.«

»Und dann hat sich etwas Unvorhergesehenes ereignet?«

»Ja, ich bin wohl an einem Strauch hängen geblieben, das hat ein Geräusch gemacht. Bessy hat dann wütend um sich geschlagen. Sie hat geschrien, sie weiß jetzt, dass wir Dreckskerle sind, dass wir sie für eine Hure halten, dass wir uns aber irren. O'Neil hat versucht, sie zu beruhigen. Er hatte Angst, Corporal Wo Lee könnte sie hören.«

»Sind Sie noch näher herangegangen?«

»Nein. Ich habe mich nicht vom Fleck gerührt. Aber sie hat mich gesehen. Sie hat uns beschimpft und gedroht, sie würde Ward alles sagen und der würde uns zusammenschlagen.«

Er sprach mit monotoner Stimme. Im Saal war es totenstill.

»Hielt O'Neil sie fest?«

»Sie befahl ihm, er soll sie loslassen, sie schlug um sich. Schließlich hat sie sich losgemacht und ist weggerannt.«

»Auf den Schienen?«

»Ja, Euer Ehren. O'Neil lief hinter ihr her. Sie konnte sich kaum auf den Beinen halten und lief in Schlangenlinien. Sie ist mehrmals über die Schwellen gestolpert und schließlich hingefallen.«

»Und dann?«

»O'Neil hat gerufen: ›Bist du da, Pinky?‹

Ich bin zu ihm gegangen, und er sagte: ›So ein Biest!‹

Er sagte, ich soll nachsehen, ob sie sich verletzt hat. Ich habe gesagt, er soll das selbst machen. Ich hatte den Mut nicht. Mir war schlecht. Ich hörte auf der Straße ein Auto kommen. Wo Lee rief uns.«

»Hat niemand nachgesehen, in welcher Verfassung Bessy war?«

»O'Neil ist dann hingegangen. Er hat sich nur über sie gebeugt, die Hand ausgestreckt, sie aber nicht berührt.«

»Was hat er danach gesagt?«

»›Die spielt uns einen üblen Streich. Rührt sich nicht.‹«

»Haben Sie daraus gefolgert, dass sie tot war?«

»Ich weiß nicht. Ich konnte nicht weiterfragen. Der Wagen wartete. Man sah das Scheinwerferlicht, ich hörte die Stimme des Fahrers.«

»Sie haben nicht an den Zug gedacht?«

»Nein, Euer Ehren.«

»Hat O'Neil keine Andeutung gemacht?«

»Wir haben gar nicht miteinander gesprochen.«

»Auch dann auf dem Stützpunkt nicht?«

»Nein. Wir haben uns schlafen gelegt, ohne noch etwas zu sagen.«

»Haben Sie Fragen, Geschworene?«

Die Geschworenen rührten sich nicht.

»Sergeant O'Neil.«

Die beiden Männer begegneten sich beim Zeugenstuhl, vermieden aber, sich anzusehen.

»Wann haben Sie Bessy Mitchell zum letzten Mal gesehen?«

»Als sie auf die Schienen fiel.«

»Haben Sie sich über sie gebeugt?«

»Ja, Euer Ehren.«

»War sie verletzt?«

»Ich glaubte, Blut an ihrer Schläfe zu sehen.«

»Haben Sie daraus geschlossen, dass sie tot war?«

»Ich weiß es nicht.«

»Sie sind nicht auf die Idee gekommen, Sie woandershin zu bringen?«

»Ich hatte keine Zeit, Euer Ehren. Der Wagen wartete.«

»Haben Sie nicht an den Zug gedacht?«

Er zögerte eine Sekunde.

»Nicht so richtig.«

»Als Sie Bessy neben dem Bahndamm fanden, schlief sie da?«

»Ja, aber sie ist gleich aufgewacht.«

»Was haben Sie dann getan?«

»Ich habe ihr zu trinken gegeben.«

»Hatten Sie Geschlechtsverkehr mit ihr?«

»Ich fing gerade an.«

»Und was hat Sie unterbrochen?«

»Sie hat Geräusche gehört. Dann hat sie die Gestalt von Corporal van Fleet erkannt und verstanden. Sie hat Beleidigungen ausgestoßen und um sich geschlagen. Ich hatte Angst, dass Wo Lee sie hören kann. Ich wollte, dass sie still ist.«

»Haben Sie sie geschlagen?«

»Ich glaube nicht. Sie war sehr betrunken. Sie hat mich gekratzt, und ich habe versucht, sie zur Vernunft zu bringen.«

»Hatten Sie die Absicht, sie zu töten, damit sie still war?«

»Nein, Euer Ehren. Sie ist mir entwischt und weggerannt.«

»Erkennen Sie diese Schuhe wieder? Gehören sie Ihnen?«

»Ja, Euer Ehren. Am nächsten Tag habe ich gedacht, man könnte Spuren im Sand finden. Deshalb habe ich sie weggeworfen.«

»Noch Fragen?«

Als O'Neil den Zeugenstuhl verlassen hatte, rief der Coroner:

»Mister O'Rourke!«

Dieser stand auf, verließ seinen Platz aber nicht.

»Ich habe dem nichts hinzuzufügen«, sagte er. »Es sei denn, man möchte mir noch Fragen stellen.«

Er gab sich bescheiden, fast verwundert, als hätte er mit dem Ganzen nichts zu tun. Maigret brummte zwischen den Zähnen:

»Du gerissener Kerl!«

Der Coroner las erschöpft einen Text vor, der Hesekiel mit der Bewachung der Geschworenen beauftragte, damit sie während ihrer Beratung mit niemandem in Kontakt traten.

Dann gab er den Geschworenen einige Erklärungen. Die Frau und die fünf Männer verschwanden in einem Raum und schlossen die Eichenholztür hinter sich.

Im Säulengang waren wieder die weißen Hemden, die Zigarren und Zigaretten, die Coca-Cola-Flaschen zu sehen.

»Ich glaube, Sie haben Zeit genug, um mittagessen zu gehen«, sagte O'Rourke zu Maigret. »Wenn ich mich nicht sehr irre, werden die Geschworenen eine bis zwei Stunden brauchen.«

»Haben Sie meinen Zettel gelesen?«

»Entschuldigen Sie, den habe ich ganz vergessen.«

Er nahm den Umschlag aus der Tasche, riss ihn auf und las ein einziges Wort: *O'Neil.*

Einen Augenblick betrachtete er seinen Kollegen ohne das übliche spöttische Lächeln.

»Hatten Sie auch begriffen, dass es keine Absicht war?«

Anstatt darauf zu antworten, fragte Maigret:

»Was wird nun aus ihm?«

»Ich weiß nicht, ob er wegen Vergewaltigung angeklagt werden kann, denn zumindest anfangs war das Mädchen einverstanden. Er hat sie nicht geschlagen. Aber wie auch immer, es bleibt die falsche Zeugenaussage.«

»Und die kann ihm bis zehn Jahre einbringen.«

»Ganz richtig. Es sind Jungs, schlimme Jungs, nicht wahr?«

Vermutlich dachten sie beide an Pinky und seinen Zusammenbruch. Die schlimmen Jungs standen nicht weit entfernt, alle fünf. Sergeant Ward und Mullins blickten sich nur verstohlen an. Es sah aus, als verübelte einer dem anderen, ihn verdächtigt zu haben.

Würden sie sich annähern, wieder Freunde werden wie früher? Schwamm drüber, über die Geschichte in der Küche?

Nach kurzem Zögern nahm Ward die Zigarette an, die der andere ihm anbot, aber er sprach nicht gleich mit ihm.

Wo Lee hatte getan, was er konnte, um die Fragen ehrlich zu beantworten, ohne seine Kameraden zu belasten. Er stand ganz allein an der Säule und trank eine Coca-Cola, die man ihm geholt hatte.

Van Fleet sprach halblaut mit dem Deputy Sheriff Conley, als hätte er immer noch das Bedürfnis, seinen Standpunkt darzulegen, während O'Neil einsam, mit verschlossenem Gesicht, dastand und verbittert den Patio betrachtete, in dem die Wasserstrahlen den Rasen erfrischten.

»Schlimme Jungs!«, hatte O'Rourke gesagt, der munter eine neue Untersuchung beginnen würde.

Als könnte er anders nicht zurechtkommen, schlug er Maigret vor:

»Wollen wir irgendwo schnell ein Glas im Stehen trinken?«

Was sollte sie hindern, die Herzlichkeit und gute Laune vom Tag zuvor wiederaufzunehmen? Sie gingen in die Bar an der Straßenecke. Dort standen mehrere von denen, die an den letzten Verhandlungstagen dabei gewesen waren. Niemand sprach darüber. Jeder trank sein Glas still für sich.

Sonnenstrahlen spielten zwischen den aufgereihten bunten Flaschen. Jemand hatte fünf Cent in den Musikapparat gesteckt. Ein Ventilator brummte über der Theke, draußen fuhren blitzende Wagen vorüber.

»Manchmal«, sagte Maigret mit zögernder Stimme, »fühlt man sich beengt in einem Anzug von der Stange. Dieses Gefühl kann so unerträglich werden, dass man sich am liebsten alles vom Leibe reißen möchte.«

Er trank sein Glas in einem Zug leer und bestellte ein zweites. Er dachte an das, was Harry Cole ihm anvertraut hatte, sah Tausende, Hunderttausende von Männern in Tausenden von Bars vor sich, die zur selben Stunde dieselbe Sehnsucht, dasselbe Verlangen nach dem Unmöglichen gewissenhaft ertränkten und die am folgenden Morgen mithilfe einer Dusche und der blauen Flasche zur Magenreinigung wieder zu braven Leuten ohne Hirngespinste wurden.

»Es gibt zwangsläufig auch Unfälle«, seufzte O'Rourke, während er sorgfältig die Spitze einer Zigarre abschnitt.

Hätte Bessy nicht ein Geräusch gehört … Hätte sie sich in ihrem betrunkenen Zustand nicht eingebildet, dass man sie für ein leichtes Mädchen hielt …

Fünf Männer und eine Frau – alte Leute, darunter ein Schwarzer und ein Indianer mit Holzbein – waren unter Hesekiels Aufsicht versammelt und bemühten sich im Auftrag der selbstbewussten und organisierten Gesellschaft, ein gerechtes Urteil zu fällen.

»Ich suche Sie schon seit einer halben Stunde. Wie lange brauchen Sie, Julius, um Ihre Sachen zu packen?«

»Ich weiß nicht. Warum?«

»Mein Kollege in Los Angeles wartet ungeduldig auf Sie. Einer der berüchtigtsten Gangster des Westens wurde vor ein paar Stunden in Hollywood erschossen, als er ein Nachtlokal verließ. Mein Kollege meint, der Fall könnte Sie interessieren. Es gibt eine direkte Flugverbindung, in einer Stunde.«

Maigret sah weder Cole und O'Rourke noch die fünf Männer von der Air Force je wieder. Er erfuhr auch das Urteil nicht. Er hatte nicht einmal Zeit, Ansichtskarten mit blühenden Kakteen in der Wüste zu kaufen, die er seiner Frau hatte schicken wollen.

Im Flugzeug schrieb er ihr, den Schreibblock auf den Knien:

Meine liebe Madame Maigret,
ich mache eine ausgezeichnete Reise, und meine hiesigen Kollegen sind sehr nett zu mir. Ich glaube, die Amerikaner sind zu jedem nett. Was das Land betrifft, so ist es ziemlich schwierig, es zu schildern. Aber stell dir vor, dass ich seit zehn Tagen keine Jacke trage, dafür aber einen Cowboygürtel um den Bauch. Nur gut, dass ich Widerstand geleistet habe, sonst hätte ich jetzt Reitstiefel an und würde einen Hut mit breiter Krempe tragen wie im Wildwestfilm.

Ich bin tatsächlich im Wilden Westen und überfliege in diesem Moment Berge, wo man noch Indianern mit Kopfschmuck begegnet.

Unsere Wohnung am Boulevard Richard-Lenoir kommt mir allmählich ganz unwirklich vor, auch das kleine Café an der Ecke, wo es nach Calvados duftet.

In zwei Stunden werde ich in der Stadt der Filmstars landen und …

Als er wach wurde, war der Block von seinem Schoß gerutscht. Eine Stewardess, so hübsch wie auf dem Titelbild einer Illustrierten, half ihm, sich anzuschnallen.

»Los Angeles!«, kündigte sie an.

Schon sah er – wenn auch als schiefe Ebene, denn das Flugzeug hatte schon eingedreht – eine riesige Fläche mit weißen Häusern zwischen grünen Hügeln am Meer.

Was sollte er eigentlich dort?

Tucson (Arizona), 30. Juli 1949

MAIGRET
Band M47

Georges Simenon
Maigret und die kopflose Leiche
Aus dem Französischen von Brigitte Große
224 Seiten, Taschenbuch
ISBN 978-3-455-00754-1
Atlantik Verlag

Als zwei Schiffer einen Arm aus dem Canal Saint-Martin fischen und später weitere Leichenteile auftauchen, steht die Polizei vor einem Rätsel. Fest steht, bei dem Toten handelt es sich um einen Mann. Seine Identität allerdings ist unklar, denn der Kopf bleibt verschwunden. Der Zufall führt Maigret schon bei seinem ersten Besuch am Tatort in eine Bar, wo ihm die missmutige Wirtin erzählt, dass ihr Mann seit einigen Tagen verschollen sei – er wollte aufs Land fahren, Wein kaufen. Ist er das Opfer? Wie immer verlässt sich Maigret auf seinen Spürsinn, doch die Uhr tickt, denn Untersuchungsrichter Coméliau drängt auf Verhaftungen.

»Die große Kunst von Georges Simenon: mit ein paar Sätzen eine Stimmung von großer Eindringlichkeit zu erzeugen.«
Anne Goebel, Süddeutsche Zeitung